暨南大学本科教材资助项目

（青年教师编写教材资助项目）

华文教育专业规划教材

现代汉语文学十一讲

莫海斌 等 著

暨南大学出版社
JINAN UNIVERSITY PRESS

中国·广州

图书在版编目（CIP）数据

现代汉语文学十一讲/莫海斌等著. —广州：暨南大学出版社，2022.10
华文教育专业规划教材
ISBN 978 - 7 - 5668 - 3478 - 2

Ⅰ.①现…　Ⅱ.①莫…　Ⅲ.①中国文学—现代文学—教材　Ⅳ.①I206.6

中国版本图书馆 CIP 数据核字（2022）第 148421 号

现代汉语文学十一讲
XIANDAI HANYU WENXUE SHIYI JIANG
著　者：莫海斌　等

出 版 人：张晋升
策划编辑：杜小陆
责任编辑：刘宇韬　陈皓琳
责任校对：刘舜怡
责任印制：周一丹　郑玉婷

出版发行：暨南大学出版社（511443）
电　　话：总编室（8620）37332601
　　　　　营销部（8620）37332680　37332681　37332682　37332683
传　　真：（8620）37332660（办公室）　37332684（营销部）
网　　址：http://www.jnupress.com
排　　版：广州良弓广告有限公司
印　　刷：佛山市浩文彩色印刷有限公司
开　　本：787mm×960mm　1/16
印　　张：11.75
字　　数：171 千
版　　次：2022 年 10 月第 1 版
印　　次：2022 年 10 月第 1 次
定　　价：49.80 元

前　言

　　本教材是为暨南大学外招生著述的，适合学生在修读华文教育、汉语言文学、汉语国际教育等本科专业"中国现当代文学"课程的时候使用，一般读者也可以用来较为简明而系统地了解现代汉语文学的流变与概貌。

　　在华文教育、汉语言文学、汉语国际教育乃至新闻传播、影视艺术等后起学科里，现当代文学类课程基本都是安排一个学期，每周两到三个学时，和汉语言文学专业动辄两到三个学期的排课体量相比，实在是寒酸得可怜。加上外招生语言能力受限，又不谙熟于中国近代以来的历史、国情，课程内容与教材的改变就在所难免。

　　根据二十余年的一线教学经验和专业研习心得，我们决定用专题集锦的方式来串讲百年来现代汉语文学的风云变幻，给读者、学习者建构完整、清晰、明确的文学史认知。为此，除了"现代汉语文学是什么？"和"鲁迅"这两讲，我们在文体（诗歌、小说、散文与戏剧）、文类（通俗文学、儿童文学等）层面，选择了九个专题，既有文体形式的集中呈现，也有主题、题材的纵向叙写。考虑到鲁迅先生在百年文学史上的特殊性，我们最终还是将其单独列为一个专题，而没有像对待其他作家那样，整合到相应的专题和知识点的讲授中去。

　　虽然，我们对百年来文学与时代、社会、国家、族群的紧密关联有着充分的自觉，并在第一讲"现代汉语文学是什么？"中有专门讨论，但在各专题的撰写中，我们还是将之隐入厚重的历史背景，留在舞台聚光灯下的是文学语言和审美形式。

既然是强调文学的语言属性，便不能不把"中国现当代文学"的视域扩大、调整为"现代汉语新文学"——这是一种全球性或跨地域的现代汉语的文学书写，以东亚大陆为母体，生长于兹，流转播散，落地扎根，生生不息。

关于本教材的使用方式，可以根据境外学生的语言能力灵活调整。既可以要求学生自主研修相应专题，以研讨课的形式组织学习；也可以逐讲讲授，深入浅出；还可以书中重点分析的作品为学习对象，从语言学习逐步提升到审美领域，此外也可将这本书作为辅助性的学习和阅读手册。

本书的撰写分工如下：初稿部分，李卫涛老师负责撰写第四、五、八、九讲，以及第六、七、十讲的部分内容；常芳清老师负责撰写第六、七讲的部分内容；戴薇老师负责撰写第十一讲，以及第十讲的部分内容；莫海斌老师负责撰写第一、二、三讲。初稿完成后，由莫海斌老师负责后期的文字工作，各章均有不同程度的调整、增删、合并、重写。因此，全书文责应由莫海斌老师来承担。

最后，感谢暨南大学出版社玉成此书的出版，尤其是杜小陆先生，我们更愿意将这本书看作彼此友谊的见证。感谢暨南大学教务处教材项目的资助，感谢暨南大学华文学院华文教育系的大力支持。在华文教育的漫漫征程上，我们都是"一伙儿"的。

莫海斌

2022 年 8 月 1 日

目　录

第一讲

现代汉语文学是什么？

我们在正式学习之前，需要先了解一个问题：现代汉语文学是什么？

现代汉语文学就是使用现代汉语这种语言工具来写作和阅读的文学。它有两个基本要求：一是它使用的语言工具是现代汉语；二是它必须是"文学"。于是问题就变成了：现代汉语是什么？"文学"又是什么？在回答了这两个问题后，我们还要了解现代汉语文学的历史，以及怎样学习和欣赏现代汉语文学。

一、现代汉语是什么？

从公元前 14 世纪到公元前 11 世纪的商朝甲骨文算起，汉语已经有三千多年的历史了。学者们大多同意把汉语的发展分成四个阶段：上古汉语（公元 3 世纪以前）、中古汉语（公元 3 世纪至公元 10 世纪）、近代汉语（公元 10 世纪至公元 18 世纪）和现代汉语（公元 18 世纪以后）。

在上古汉语时期，在口语之外，汉语基本上形成了它的书面语系统，也就是用于书写、阅读的"文言"。从上古汉语到近代汉语，汉语口语一直不断变化，文言系统却相对稳定。这样，在上千年的历史变化里，汉语口语（"言"）和书面语（"文"）之间的距离越来越大，书面语系统距离实际的生活也越来越远。

"言"和"文"的分离造成了许多问题。表现在文学方面，就是使用文言写作的文学渐渐减弱了它记录生活、传达感情、表现世界的能力。早在公元 10 世纪前后，一些汉语作家就开始了新的努力，他们使用简单的文言和当时的口语来写作诗歌和小说，在文言和口语之外形成了一种我们今天叫作古代白话的书面语。白话比文言更接近当时实际使用的口语。到了近代汉语时期，这种使用白话写作的文学取得了很好的成绩，人们经常提到的中国四大古典小说（《水浒传》《三国演义》《西游记》《红楼梦》）就是用白话写成的。但是，中国古代文学的主流一直是文言文学，一直到现代中国，这种情况才发生了变化。

19 世纪中后期，中国人开始自觉地建设新的"言文合一"的汉语书面语系统，逐渐形成了今天所说的现代汉语。狭义的现代汉语是现代汉民族的共同语和标准语；广义的现代汉语还包括各地的汉语方言。普通话就是在北方方言的基础上逐渐形成的。口语和书面语是现代汉语的两种存在形式。口语是人们日常生活、交往使用的。把口语写下来，经过必要的规范和加工，就是书面语。现代汉语书面语是在口语的基础上形成的，和口语有着非常密切、灵活的联系，基本上可以说是"言文合一"。另外，古代的白话文学和以英语为代表的欧洲现代语言也对现代汉语书面语有着重要的影响。现代汉语文学几乎是和现代汉语同时产生的，它的语言工具是现代汉语，也在一百多年来的创作实践当中不断推动着现代汉语的发展。

二、"文学"是什么？

在人类的历史上，每个民族、地区的人们，都会运用自己的语言文字来创造属于自己的语言艺术，文学是他们的语言艺术中最重要、最美丽的一种。就像人们对"美"有不同的理解和判断标准一样，对于"文学是什么"这个问题，不同民族和地区的人的回答是不一样的。当然，也有一些是属于全人类共同的认识。比如说，文学要表现人的思想、感情；文学必须是美的，是一种语言的艺术。

古代中国人最初把所有用文字写下来的作品都叫作"文学"，公元 5 世纪左右区分了"文"和"笔"。"笔"是一般性的文字作品，"文"是我们今天说的文学作品，是用来抒发感情的，文学作品语音悦耳，使用各种修辞方法，具有作家自己的独特风格。公元 7 世纪以后，中国人又把"诗"从"文"里分了出来。诗，就是诗歌；文，就是散文。诗歌和散文是中国古代的高雅文学。诗在语音模式方面有严格的规定，文却没有，但在具体的写法上也要遵守前辈作家的传统。戏曲、小说等在当时则被认为是通俗的，严格地讲不能算是"文学"。

现代汉语文学就是使用现代汉语写作的、把现代西方的文学观念和自己的传统结合起来的文学。如今，学界普遍认为文学的基本体裁包括了小说、诗歌、散文、戏剧，其中小说是最重要的一种体裁。文学的任务被认为是要创造美（求美）、不断地探索世界和人类自身的奥秘（求真）。可是，在中国文学的传统里，作品的道德价值和社会作用也许更重要，至少，善的追求和美的创造是并驾齐驱的。

三、现代汉语文学的发展阶段

按照时间发展的顺序，可以把现代汉语文学的发展分为三个时期。分别是：现代汉语文学的发生和形成时期（1917—1937 年）、现代汉语文学的分化和丰富时期（1937—1987 年）、现代汉语文学的全球化和本土化时期（1987 年至今）。

1. 现代汉语文学的发生和形成时期（1917—1937 年）

1917 年，《新青年》杂志先后发表胡适的《文学改良刍议》和陈独秀的《文学革命论》，第一次明确提出建设现代汉语文学的主张。这两篇文章的发表标志着现代汉语文学的正式产生。胡适认为，在 20 世纪到来之际，中国文学最大的问题是文言文学的旧形式已经不能有效地表现现代中国人的思想感情和社会生活的真实情况，为此需要从改变文学的语言形式开始解决问题。胡适提出的具体方法是打破文言文学的各种形式规定，大胆使用口语、白话写作。后来，他用更形象的方式说，新的文学应该是像说话一样，要用平常说话的方式来写诗、写文章。

陈独秀非常赞同胡适的观点，他进一步说，和过去只为皇帝、贵族、精英等上等人服务的文言文学完全不一样，新的口语、白话文学写的是普通人的日常生活和喜怒哀乐，是为平民、老百姓写的，表达的是民主、自由、平等这些现代思想观念。当时，陈独秀等人正在提倡"新文化运动"，于《新青年》上呼吁在中国开展思想启蒙运动和文化革命，批判中国传统文化，宣传现代西方思想。他和胡适的文学革命理论，其实也属于"新文化运动"的一部分，是要用新的口语、白话文学来传播现代思想，为思想启蒙运动和文化革命服务。

1918 年，同样是在《新青年》杂志上，周作人发表《人的文学》一文。从文学作品的内容和作家的创作态度两个方面，他进一步阐明新的现代汉语文学应该是"人的文学"。所谓"人的文学"，就是尊重人的正常欲望和要求，把人按照独立、平等、自由的"人"的理念来对待，并进行文学的想象和表现。这种"人"的理念显然是来自西方。只不过，周作人也认识到，在群体和个人的关系问题上，西方人道主义和现代个人主义的观点是矛盾的。他尝试着通过主张"个人主义的人间本位主义"来调节这些矛盾，一方面保持个人的独立性和完整性，另一方面强调社会和群体利益的重要性。但是，他很快就宣布了这种努力的失败。

在发布宣言和探讨理论的同时，新的文学实践也开始了。早在 1913 年，胡适就开始了他的白话诗实验。1918 年，《新青年》公开发表了他和沈尹默、刘半农的九首白话诗作品。在小说方面，留美学生陈衡哲的《一日》可能是最早发表的白话小说，但几乎没有产生什么影响。最早在国内报纸杂志上发表并且具有广泛影响的是鲁迅的《狂人日记》（1918 年），它也被认为是现代汉语小说，尤其是现代汉语短篇小说的真正开始。随后，现代汉语文学的潮流从北京、上海迅速扩展到全国，以及新加坡（1919 年）、泰国（1921 年）、印度尼西亚（1924 年）等华人聚集地区。其中，张我军、赖和最早把现代汉语文学引进到台湾，赖和被誉为"台湾新文学之父"。1929 年，来自印度尼西亚的华侨青年郑吐飞在上海真美善书店出版了他的短篇小说集《椰子集》，这是中国本土之外的现代汉语作家出版的第一部小说集。

从 1917 年到 1937 年，经过 20 年的努力，现代汉语文学已经趋于成熟。这主要表现为以下四个方面：第一，现代汉语书面语初步成熟，基本形成自己的语言规范。可以说，作为现代中国的通用语言（国语），现代汉语和现代汉语文学几乎是同步产生和成长的。在 20 世纪 20 年代，胡适提出"文学的国语"和"国语的文学"的主张。他认为，虽然国语和新的文学都还很不完善，但应该坚持使用还不完善的国语来创作文学，让国语在这个过程中不断完善。同样，不断完善的国语也有助于创作更好的文学。正是在这样的不断循环中，现代汉语和现代汉语文学得到持续的发展。到 20 世纪 30 年代，现代汉语书面语初步有了自己相对稳定的规范，语言的表现力大幅度增强，突出的表现就是这时的小说和诗歌在语言上有了相当强的审美性质。第二，文体规范的确立和读者的培养。经过二十年的经营，现代汉语文学拥有了以青年学生、知识分子和城市居民为主体的相对稳定的读者群体。在读者和作者之间，以西方为重要来源的文学观念和文体形式已经成为共识，各种文体的形式规范基本得到确立，并出现了众多优秀作品。第三，作家的成熟和经典作品的出现。除了鲁迅、郭沫若、茅盾等第一代作家，巴金、曹禺、老舍、沈从文等更年轻的一代也展示出他们的才华，创作出"激流三部曲"（《家》《春》《秋》）、《雷雨》、《骆驼祥子》、《边城》等风格鲜明、堪称典范的作品。更为重要的是，这些作家作品对西方文学的影响进行了创造性的转化，把中外两大文学传统融合在作家自己独特的生命体验当中，打造出极具个性和地域文化特点的伟大作品。第四，这一时期，现代汉语文学形成了以现实主义创作方法为主流、以现代主义和浪漫主义为补充的创作格局，基本建立了现代汉语文学自身的传统。

2. 现代汉语文学的分化和丰富时期（1937—1987 年）

1937 年，抗日战争全面爆发。研究者习惯上把 20 世纪 40 年代的现代汉语文学划分成三个部分：国统区文学、抗日根据地和解放区文学、沦陷区文学。至于 1949 年以后的现代汉语文学，具体包括四个部分：大陆文学或者共和国文学、台湾文学、香港与澳门文学，以及中国疆域之外、主要由世界各地的华侨华人创作的海外华文文学。

在这一阶段，大陆文学继承 20 世纪 40 年代解放区文学的"文艺为工农兵服务"的基本方针，与国家建设、政治运动保持着非常密切的联系。1978 年大陆实施改革开放之后，大陆文学在 80 年代迎来一个多元而丰富的繁荣时期。其中一个重要的标志是现代主义、后现代主义的文学实验在 1985 年前后大规模展开。

台湾文学在 20 世纪 50 年代同样经历了一个政治化的过程。50 年代中后期，随着台湾经济的发展，岛内文学活动趋于活跃，一部分作家努力将西方现代主义文学引入台湾文学；另一部分作家则强调要立足台湾的乡土现实。现代主义和乡土主义将近二十年的争论和文学竞争推动着台湾文学的发展，共同构成当代台湾文学的小传统。

作为工商业发达的现代都市，香港和澳门的城市文化有着非常浓重的商业气息和鲜明的国际化特色，在文学的形式探索上有着精彩的表现。另外，散居于世界各地的华文作家们也为现代汉语文学的发展做出了重要的贡献。他们的创作使现代汉语文学超出国界、疆域的界限，成为国际性的文学现象，极大地丰富了现代汉语文学的内涵。

3. 现代汉语文学的全球化和本土化时期（1987 年至今）

从 20 世纪 80 年代中后期开始，现代汉语文学进入了全球化和本土化的新阶段。

所谓"全球化"，有很多种含义和用法，比如经济全球化、信息全球化、文化全球化等等。这里说的现代汉语文学的全球化，指的是超越国家、地域的全球性的现代汉语文学共同体的形成，具体表现在以下三个方面：一是各地域的现代汉语文学之间的联系日趋密切，人员和作品的交流、互动非常频繁。二是跨区域的文学组织、大型文学赛事不断涌现，形成了以新兴网络传媒和传统纸质出版物为载体的全球性的文学市场。与英语文学、法语文学、西班牙语文学等相比较，现代汉语文学是当今世界上最大的语种文学，拥有更为广泛的读者。三是在全球一体化的进程当中，各地作家所面对和处理的文学主题的共性不断增强，例如生态破坏和环境保护、族群与个体的身份认同，以及人在都市和商业化环境中的生存等等。

全球化的另一面是本土化。经过四十年的发展，在全球性的现代汉语文学共同体内，大陆、台湾、香港等地的文学已经构建起自己的传统，取得丰硕的成果。

2002 年，台湾著名诗人余光中先生曾经形象地说："根据联合国关于全球科技开发区域的划分：第一世界是北美及西欧等国；第二世界是东欧等国；亚、非、拉美属于第三世界。我们如果按照语言在社会生活中使用的价值判断，以及写作环境、出版、阅读、接受程度等等综合考察，也对语言文学作一划分的话，华文写作的第一世界自然是中国大陆，即华文文学的中原；第二世界是离'心脏'较近些的边缘地带——台港澳地区；而东南亚各国乃至世界上其他地区的华人写作，那就都是中文的第三世界了，因为在那里，汉语并不是主流。"[1] 不过，他并不认为大陆作家就一定比其他地区的作家强。他接着说，"华文世界也就像无数个同心圆，以中文为半径，以中国文化为圆心，那么无论你在哪里，就都是圆周上的一个动点。华人只要一天不放弃美丽的中文，圆的半径就在他的手上，中华精神就保存于华文文学作品之中"[2]。根据社会学家和民族学家的研究，中华民族的文化传统是由遥远古代的多种来源共同汇聚、融合而成的，是多元一体的。今天世界各地的华人文化有着共同的传统，又各不相同，彼此之间是同源异流的关系。对于今天的现代汉语文学，也应该这样来看待。

---

[1] 钱虹：《离心与向心：众圆同心——余光中妙谈华文文学"三个世界"的互动》，《世界华文文学论坛》2002 年第 4 期，第 69 页。

[2] 钱虹：《离心与向心：众圆同心——余光中妙谈华文文学"三个世界"的互动》，《世界华文文学论坛》2002 年第 4 期，第 72 页。

四、怎样学习和欣赏现代汉语文学

到今天为止，现代汉语文学的历史已经有一百多年了。我们该怎样来学习、阅读和欣赏现代汉语文学呢？

1. 从语言开始

文学和语言是分不开的。文学用语言写成，读者对文学作品的欣赏也是从语言开始的。所以说，没有语言就没有文学，语言的特点从最根本上决定了文学的性质；文学是语言的艺术，它创造并实现着语言的美，推动着语言的发展。

现代汉语文学也是这样。我们不妨来读一读徐志摩的《沙扬娜拉一首》，欣赏诗人在语音和语义上营造的美：

沙扬娜拉一首

　　——赠日本女郎

最是那/一低头的/温柔，

像一朵/水莲花/不胜凉风的/娇羞，

道一声/珍重/，道一声/珍重，

那一声/珍重里/有蜜甜的/忧愁——

沙扬娜拉！

这首诗是诗人为一位日本少女写的。在意义方面，诗人捕捉了女郎的三个方面的特点：低头的动作，临别的叮嘱，日语中"再见"（さようなら）的音译。在送别朋友时，女郎微微低头，欲言又止，温柔而含蓄。诗人用莲花在拂过水面的微风中轻轻摆动来形容，描绘出了女郎的清纯美丽、羞涩多情。至于女郎的声声"珍重"，诗人是从听话者的心理感受来写的。"忧愁"是女郎不忍离别的心情，也是听话人内心的感受，他也在因为分别而忧愁；"蜜甜"是形容女郎声音的甜美，更是听话人因为感受到女郎对他的关切而产生的甜蜜心情。"蜜甜"和"忧愁"本来是相互矛盾的，两者结合在一起，却极其准确、细腻而简洁地表达了互相倾慕却又不是情侣的双方分别时的复杂心情。之所以选择"沙扬娜拉"这个日语单词的音译，而不是汉语的"再见"，其实是出于语音上的考虑。

在语音方面，这首诗一共五行，第一、二、四行句子长，第三、五行句子短，句子的长短很自由，像说话一样自然。不过，第二、三、四行每句都是三到四个停顿，像是歌曲的四个节拍，很整齐；每个节拍的字数却又不一样，所以读起来语速就有快慢的变化。这样，就在流畅自然的口语里形成了既整齐又错落有致的节奏感，并且这种节奏和诗歌感情意义的变化是一致的：第一、二句节奏悠长，配合的是诗人对女郎神态的痴迷、赞叹。第三句其实是一个短句的重复，有强调的作用，节奏变得急迫，暗示诗人的情绪激动起来。第四句又是长句，节奏转为舒缓，"那一声/珍重里"使用顶真修辞格连接第三句和第四句，激动的情绪逐渐平复，在句尾破折号的提示下，化为第五句轻轻叹息似的"沙扬娜拉"。和句子节奏相配合的，是双声（"珍重"）、叠韵（"忧愁"）的运用，以及 ou 韵字在诗中不规律的出现，这些共同为这首诗营造出轻柔、优美的抒情氛围。

现代汉语文学充分展现了现代汉语自身的美。除了这一点，还要看到，语言并不仅仅是人们交流所使用的工具，人们在感受、认识世界和自我，以及进行思维活动时，都离不开语言。从起源上讲，人创造了语言。但对于我们每一个具体的人来说，我们从小就生活在某一种具体的语言当中，生活在这种语言的世界里，在家庭、社会的影响以及学校教育中长大，成为一个社会的人、族群的人和语言的人。语言就像是民族文化的基因密码，里边包含着一个民族的价值观念、行为准则、思维方式等，通过语言和这种语言的文学作品，我们可以更深入地了解、理解一个民族，不仅知道他们的衣食住行、喜怒哀乐，还能明白他们的行为、思维和情感表达方式。也正因为这样，说着、写着同一种语言的人，可以跨越血缘、地域、年龄、行业、国家等具体的界限，构成一个语言的共同体，共同享有一个文化和语言的传统。就像余光中先生说的，中华文化精神就保存于华文文学作品之中。我们阅读、欣赏现代汉语文学作品，既是在领略汉语的美，也是在步步深入汉语民族的情感世界、精神世界、文化世界，强化我们对于这个语言共同体的认同。

2. 必要的准备

学习和欣赏现代汉语文学，需要一些准备。首先当然是语言能力上的准备。一般来说，具有中级汉语水平就可以读一些比较简单的现代汉语文学作品了。而且，在中高级阶段的汉语学习里，阅读文学作品和其他书面语材料是非常必要的，它可以有效、全面地提高学习者的汉语水平。汉语水平提高了，可以更好地欣赏和理解汉语文学，读的文学作品不断增多，汉语水平自然会继续提高，这样循环下去，在阅读能力、写作能力、文学欣赏能力等各个方面，都会有极大的进步。有些同学喜欢观看根据文学作品改编的电影、电视剧，不喜欢看文学原著，这其实是很不好的。电影、电视剧可以用图像来帮助我们了解原著的内容，但不能让我们感受到原著者使用语言来叙述、抒情、塑造人物的独特方式。电影、电视剧是影像的艺术，文学是语言的艺术，它们所创造的美和创造美的方式是不一样的。

其次要有文学知识上的准备。阅读文学作品有三种基本方式。第一种方式是我们平时习惯的一般性的阅读，只是了解作品的字面意思，知道这篇小说讲了个什么故事，这首诗或者这篇散文表达的是什么样的感情。这样的阅读，和我们看报纸杂志、上网没有区别。第二种方式是欣赏性的阅读，除了了解作品的基本意思，还能感受到作品的美，比如它讲故事的方式和别的作品有什么不一样，它表达感情时用了哪些独特的方式等等。同样是形容一棵树的美，每一个作家选择的词语、词语组织的方式都是不一样的。我们要欣赏的是他们自己的特点，以及这种方式是不是最合适、最美的。在欣赏性的阅读里，我们也要注意，文学作品真正要表达的意思往往不是字面的意思，而且作家一般也会在作品里给我们一些暗示，让我们去体会他真正要说的是什么。暗示性的、间接性的表达，会创造一种朦胧的、含蓄的美，给读者更大的想象空间。第三种方式是专业的、作为批评家和研究者式的阅读，它有更严格的要求，这里就不做介绍了。

一般性阅读要求读者具有一定的语言能力，欣赏性阅读要求的就更多一些，比如说基本的文学知识和一定的阅读量。文学写作是一种创造性的精神活动，作家们都想写出和别人不一样的作品。不过，这种写作也要遵守一定的规则和惯例，不然，读者读不懂，作家和作家之间也无法交流。这些文学规则和写作惯例，就是我们要学习的文学知识。在今天，各个国家和地区对文学的认识是基本一致的。比如说，认为文学分为小说、诗歌、散文、戏剧等四种文体，每种文体又有它自己的形式规定，等等。各个国家和地区的读者都有一些文学阅读的经验，比如阅读自己国家语言的文学，也有可能接触过现代汉语文学，这些经验就是我们欣赏现代汉语对于母语非汉语的学生而言，文学的知识基础。文学知识的进一步积累，可以在学习现代汉语文学的课堂上进行，也可以通过了解自己国家的文学来不断丰富。这是一个慢慢积累的过程，不必着急。另外，不断阅读自己国家的文学作品和现代汉语文学作品，不断扩大自己的阅读量，这是非常必要的。欣赏一部文学作品，其实就是把它和其他作品进行比较。读过的作品越多，我们在比较中得出的判断、对作品的理解就会越深刻、准确。大量的阅读也是积累文学知识最有效的方式。

最后，在具备文学知识以外，还要了解一些关于现代中国的历史知识。从根本上讲，文学的表现对象是"人"，而人总是生活在具体的时间和空间里的，因此，文学作品和民族、国家、时代、社会等有着分割不开的关系。这个特点在现代汉语文学里表现得特别重要。譬如菲律宾诗人云鹤的诗作《野生植物》：

野生植物

有叶

却没有茎

有茎

却没有根

有根

却没有泥土

那是一种野生植物

名字叫

华侨

这首诗用的词语非常简单，一看就能明白。可是，如果对 20 世纪华侨的苦难历史有一些了解，我们就能从诗里读出诗人内心悲凉、痛苦的情绪，而且这种情绪是属于全体华侨华人的。所以，我们在阅读现代汉语文学作品时，了解一些与作品有关的历史知识，是很有必要的。除了通过教师的讲解，也可以通过自行查阅参考书，或者网上搜索来收集信息。

3. 应该怎样看待现代汉语文学？

在学习的过程中，我们可能会遇到这样一个问题：应该怎样看待现代汉语文学？对于这个问题，有很多不同的看法。有一些看法有必要在这里讨论，以供大家参考。

譬如说，读者可能会遇到文化差异带来的困惑。来自不同文化背景的读者，可能会对一些现代汉语作品里表现的观念、现象感到不适应、不理解，甚至是反感，这其实是跨文化交往中经常会出现的情况。在这种时候，建议不要急着下判断，说好或者说不好，要尽可能地去了解这部作品为什么要这样写，并且要知道文学的虚构和真实的社会现实之间的差别——文学往往是一种虚构，作家用想象出来的人物、故事，来表现他对人和世界的思考、认识。

读者也可能会有这样的问题：在现代汉语文学里，有很多作家总在批判自己的国家，批判自己民族的文化，有很多作品写的是中国不好的事情，比如说鲁迅，大家都说他是中国最好的作家之一，可他写的都是中国、中国人的缺点，为什么？这要从三个方面来看：第一，一个民族、一种文化，就和一个人一样，只有认识到自己的问题、缺点，并且努力改进，才能不断进步，有所发展。世界上所有优秀的文化都具有自我批判的精神，它集中体现在这种文化中优秀的、热爱自己民族文化的知识分子身上。第二，从 19 世纪中后期开始，中华民族在无数的苦难和失败中痛苦地认识到自己在现代世界中的落后地位，有着非常强烈的危机意识，作家们集中思考的是社会、文化所存在的问题，希望通过文学的方式让更多的人认识到这些问题，大家共同努力克服。第三，这一百多年来，中华民族正处在从传统农业社会向现代社会全面转型的进程。在新旧变换当中，各方面暴露出来的问题较多，文学对各种问题的思考和表现也是最密集的。所以，我们不能简单地说，批评自己文化和民族的就不是好的作家、好的文学。

在学术界还有一种看法，认为不管是和中国古代的文学比较，还是跟西方的文学比较，现代汉语文学的水平都不高。我们要承认，现代汉语文学到今天只有一百多年的历史，还在不断成长，它的成绩当然比不上有两千多年历史的中国古代文学。但是，我们也要看到，现代汉语文学是属于今天和未来的，在表现今天各地华人的生活、感情、思想方面，它的地位都是不可取代的，而且一定会有更加成熟、伟大的作品出现。跟西方现代文学相比,现代汉语文学更关心的是人在民族、国家、社会、群体层面上的存在,西方现代文学的重点是表现作为个体的人,深入挖掘人性和人复杂的精神世界,追问个体的"人"的存在本身。这其实是文化之间、文学之间的差异,而不是好坏、高低的比较。人本身既是个体性的,也是社会性的,只有以平等、多元化的态度对待不同的文化和文学,我们才能最终得到对于人的全面、真切的了解。

第二讲

鲁迅

在现代汉语作家里，鲁迅最优秀，影响也最大。他不但深刻影响了当时和他之后的中国文学和中国人的思想，而且在世界上，尤其是在东亚地区，也有着广泛的影响。鲁迅的思想非常复杂、深刻，一直到今天，我们还不能说已经完全理解了他，或者说他的思想已经过时了。他对中国社会、中国文化、中国人的批判，至今仍然是有意义的。

一、鲁迅的生活和创作

鲁迅（1881—1936 年），原名周樟寿，浙江绍兴人。他的童年受到过良好的传统教育。可是，十二岁的时候，家道中落，全家避难于乡下。作为家里的长子，鲁迅比其他孩子更知道这种变化意味着什么——他过早地、深刻地体验到世态炎凉和人情冷暖，见惯了人们卑劣、善变的嘴脸。这段经历对他后来的思想和写作有深远的影响。1898 年，他离开故乡，到了南京，在模仿西方教育制度建立的新式学校里学习，并且改名为"树人"。这个时候，他开始接触新的现代思想，特别是达尔文和赫胥黎的进化论。

1902 年，鲁迅被清朝政府选派到日本留学，先在东京弘文学院补习日文，然后到仙台医专学医。他想当个医生，强壮中国人的身体，让他们相信、接受西方的现代文明，以期用这种方式来拯救落后的中国。但是，一张记录日俄战争（1904—1905 年）的幻灯画片深深刺激了他：画面上，日军抓住一个据说是为俄国军队当间谍的中国人，正要砍头示众。一群中国人围在四周观看，神情麻木。鲁迅认识到："医学并非一件紧要事。凡是愚弱的国民，即使体格如何健全，如何茁壮，也只能做毫无意义的示众的材料和看客"，"所以我们的第一要著，是在改变他们的精神，而善于改变精神的是，我那时以为当然要推文艺，于是想提倡文艺运动了"。① 1906年4月，鲁迅回到东京专门从事文学活动，逐渐形成以"立人"为核心的启蒙思想。鲁迅认为，要想让中国变得强大，最重要的是改变中国人的思想，让他们成为独立的、现代的"新人"。有了"新人"，才会有新的国家和民族。他希望有更多的中国现代知识分子能够成为思想上的勇士、战士，传播现代思想，率领觉醒的民众与强大的保守力量作战。

1909年，鲁迅回到中国，他努力改变中国，不断的失败让他变得沉默，也让他在沉默中总结教训，认真思考中国社会、历史和文化上存在的种种问题，对现代知识分子本身和他们所从事的文化启蒙事业作出了深刻的反思。将近十年的沉默，让鲁迅思想的复杂和深刻程度远远超过他的同时代人。所以，对陈独秀、胡适等人发起的新文化运动、新文学运动，鲁迅最初是表示怀疑的。他对自己的朋友说，中国就像是一个无法打破的铁屋子，里边沉睡的人就要死去。让他们在睡梦中没有知觉地死去，总好过叫醒他们，让他们清醒着痛苦地死去。可是，他的朋友反问，你没有努力，又怎么知道没有打破铁屋子的希望呢？

在朋友的激励下，鲁迅从绝望中振作起来，很快就成为新文化运动的一名主力。1918年5月，他在《新青年》杂志上发表小说《狂人日记》，这是现代汉语文学史上的第一篇白话小说，也是他第一次使用"鲁迅"这个笔名。从这个时候开始，一直到1936年逝世，鲁迅始终没有放下手中的笔，他用文学的形式再现了一个古老而落后的农业国家在20世纪早期迈向现代化的艰难进程。他的作品中浓缩着一位现代知识分子对于国家、民族又爱又恨，在绝望中又有所坚持和期许的复杂情感。

鲁迅生前出版了三部中短篇小说集，分别是《呐喊》《彷徨》《故事新编》，他是现代汉语小说的开创人，在小说，尤其是在短篇小说的文体形式、思想主题、语

---

① 鲁迅：《呐喊·自序》。

言和技法等方面都为后来的作家奠定了基础。不过，鲁迅一生写作最多的还是杂文。他生前出版了十六本杂文集，是写作杂文这种短小精悍的议论性散文的最重要也是成就最高的作家，以至于人们提到杂文，总会想到鲁迅。鲁迅把杂文分成"社会批判"和"文明批判"两类，这其实也是他自己写作的两种基本类型。无论是哪一种类型的杂文，鲁迅都会从具体的现象进入到人的心理和精神深处去追究，或者上升到群体、文化的层面来批判，这就让他的杂文具有了独到的深度和普遍性。此外，鲁迅的散文诗集《野草》更是现代汉语文学中不可多得的瑰宝，它对现代人痛苦而复杂的精神世界的完美的象征式再现，至今也没有谁的作品可以超越。

二、鲁迅的思想

鲁迅的思想非常丰富，几乎涉及 20 世纪中国在全面现代化进程中所暴露和遇到的所有问题，不是用几篇文章、几本书就可以解释清楚的。不过，我们可以根据鲁迅观察和思考中国问题时的基本态度，从三个层面来试着了解他的思想。即：①他认为，中国应该改变。古老的中国需要改变，中国人同样古老的思想更需要改变。②在这个历史过于悠久的国度，新的、现代的改变几乎是不可能的。③即使如此，在绝望中也要坚持下去。

先来看第一个层面。

1840 年，在中英鸦片战争中，中国战败。从那以后，中国一步步沦为半殖民地半封建社会。中国必须改革，必须通过改变现状，才能成为新的强大的现代国家，这是有着危机意识和世界眼光的中国现代知识分子们的共同想法。早在日本留学的时候，鲁迅就认为这种改变首先应该是对中国人的思想、民族性格和文化传统的改变。对他来说，一个民族的精神的改变是最重要的。

比如说，在小说《狂人日记》里，主人公"我"得了"迫害狂"这种精神性疾病，被人称为"狂人"或者"疯子"。疯狂了的"我"发现自己陷入了一个阴谋——周围的人、包括"我"的大哥都是吃人的人，他们正在准备吃掉"我"。经过紧张而混乱的思考，"我"发现了隐藏在中国文化和历史中的最大秘密，那就是"人吃人"。所以，"我"开始努力去改变大哥和周围的人，要他们改正错误，重新做一个真正的"人"。在这篇小说里，鲁迅用非常荒诞、夸张的方式，批判了中国社会的等级制度和家族伦理道德。用西方现代文明的标准来衡量，中华文化更强调个人对权威的服从、对集体的付出，个体的利益、权利有可能会被剥夺或者受到侵犯。这种可能性，就是"我"发现的"吃人"。所以，"我"劝大哥不要再"吃人"，救救那些被"吃"的弱者，以及还没有或者已经开始"吃人"的孩子，其实就是要求从根本上改变中国文化和社会制度。"我"代表的是鲁迅这样主张向西方现代文明学习的中国现代知识分子。

再来看第二个层面。

鲁迅非常清醒地认识到，要改变古老的中国，改变中国人的思想和文化传统，是极其漫长、艰难的工作，而且往往是注定会失败的。这首先是因为传统的力量太强大了。无论是在东方还是西方，我们每一个人都是在自己民族的历史和文化传统背景下生长、形成的，我们本身就是传统。任何改变，哪怕是善意的改变，都有可能被当作对我们存在的威胁而遭到拒绝，甚至抵抗。因此，《狂人日记》里那个要求用西方现代文明来改变中国的"我"被大哥等人当成疯子关了起来。其次，鲁迅非常深刻地发现，即使是那些努力拯救中国、改变中国的现代知识分子，那些像他自己这样献身于中国的文化启蒙的人，本身也存在着致命的缺陷。在《狂人日记》的后半部分，"我"绝望地发现自己也是这个"吃人"传统中的成员，身上也背负着"吃人"的原罪，这就让"我"失去了批判和改变别人的资格。所以，"我"只能把希望寄托在未来那些纯洁的孩子们身上。

最后，从西方移植来的现代文明，能不能在东方的国度发挥它原来的威力呢？

小说《祝福》里也有一个现代知识分子"我"。"我"向读者讲述了一位被封建礼教伦理"吃"掉的可怜的女性祥林嫂的故事。在中国的传统道德里，女子改嫁被认为是可耻的。在丈夫死后，年轻的祥林嫂被丈夫的家人卖给了一个不认识的男人。虽然她极力反抗，但还是被捆绑着和第二个丈夫结了婚。幸运的是她改嫁后的生活还算幸福，也有了一个可爱的儿子。但这种幸福实在太短暂了，在勤劳的丈夫暴病死去后，她的儿子阿毛也被寻食的饿狼吃掉。人们没有同情她，反而因为她的改嫁而嘲笑她，认为她是不干净的罪人，恐吓她死后会因为两个丈夫的鬼魂争夺而被锯成两半。当生活在恐惧和对儿子的思念中的祥林嫂向"我"求助，询问"人死后究竟有没有魂灵"时，"我"却无法给出一个确定的回答——如果根据西方科学知识，人死后是没有灵魂的，祥林嫂就见不到她惨死的儿子了，她将生活在绝望里；如果用东方迷信的说法，告诉她灵魂的确存在，那她死后就会被锯成两半。于是，"我"只能逃走。最后，春节到了，祥林嫂却死在乞讨的路上。"祝福"是中国人春节时举行的一种祭祀仪式，希望神灵和祖先为自己带来幸福。不过，无论是东方的传统还是西方的现代思想，都无法给祥林嫂这样的弱者带来安慰。

但是，鲁迅没有放弃。这就是他思想的第三个层面：在绝望里坚持，在失败中努力。

也恰恰是在这个层面上，毫不留情地抨击中国封建礼教的鲁迅显示出了中国知识分子传统里最可贵的品质。从两千多年前的孔子、孟子开始，中国的知识分子就勇于承担自己对于民族、文化的责任，为了民族的利益、文化的传承，他们忍辱负重、坚韧不拔、敢于牺牲，有着自强不息的顽强精神和"虽千万人吾往矣"的英雄气概。在散文诗《影的告别》里，鲁迅用"影子"来比喻自己。"影子"只能生存在光明和黑暗的过渡地带，它原本属于黑暗，却憎恶黑暗；它向往光明，又怀疑那将要到来的是不是真正的光明。在完全的光明和黑暗里，影子都会消失，但它最终选择的是独自回到黑暗里，和黑暗一起消失，而把新的光明世界留给未来的人。这也是鲁迅在杂文《我们现在怎样做父亲》里说的，要敢于做一个失败的英雄，用自己的尸体为后来人铺出一条得救的道路。

鲁迅有一句名言："希望是本无所谓有，无所谓无的。这正如地上的路；其实地上本没有路，走的人多了，也便成了路。"① 这就像那个有名的铁屋子的故事——希望只是一种可能性，不是真的存在。努力了，不一定成功；但如果放弃努力，希望就永远不会变成现实。改变中国的努力，其实就是在不断的失败中重新出发，一代人接着一代人一直走下去，就会走出拯救中国的道路。鲁迅是真正懂得中国、真正爱中国的人，他让中国人看到了老旧中国的丑陋、愚昧和落后，也激励着中国人不断奋发、自新，不再自暴自弃。1936 年 10 月 19 日，鲁迅先生逝世，数万人涌上上海街头，为他送行。在鲁迅的棺木上覆盖着一面旗帜，上面写着"民族魂"三个大字。这就是中国人对鲁迅最好的评价。

三、作品《孔乙己》

从隋唐开始，到清朝光绪三十一年（1905 年），大约 1 300 年间，中国政府主要通过科举考试的方式来选拔官员。因为考试分成了不同的科目类型，所以叫作"科举"。每个朝代的科举制度不太一样。在清朝时期，读书人需要先参加最初级的童试，参加童试的人叫"童生"，被录取后叫"秀才"。秀才有资格参加各省的乡试，乡试考中的称为"举人"，举人就有资格当官了，在社会上也有很大的影响力。最后各地举人经过全国的会试的筛选后参加皇帝亲自主持的殿试，而殿试的第一名就是"状元"。

科举制本身是一种人才选拔制度。可是，到了明朝和清朝，它所暴露的问题也

---

① 鲁迅：《故乡》。

越来越严重。首先，它在社会上形成了一种很不好的风气，即人们认为读书就是为了当官，而不是为了追求知识和不断提高自己的能力。其次，因为读书可以当官，可以成为"上等人"，所以大家都觉得读书人的社会地位要比一般的体力劳动者高。读书人大多也看不起体力劳动者，不会去学习具体的技术和本领，就像我们要讲到的孔乙己，除了读书，他什么都不会。最后，明清时期的科举考试越来越保守，它不鼓励人们有自己独立的思想，只要求考试的人用规定的文章形式和官方思想，来解释那些指定的儒家经典著作里的话，这就严重限制了中国思想和知识的进步和发展。也正是由于这些原因，1905 年清政府取消了科举考试，开始采用西方的现代教育制度培养人才。

鲁迅的小说《孔乙己》讲述的是一个科举失败者的故事。孔乙己是一个生活在科举时代的读书人，但他一直没能通过最初级的童试，连个秀才也没当上。按照当时中国人的想法，孔乙己还不能算是个读书人，他只是读过书而已。这一点，孔乙己自己也很清楚，他虽然认为自己是个读书人，但一直把科举失败当成最大的耻辱。每次人们提到这一点，他总会脸涨得通红，无法替自己辩护。孔乙己也是生活的失败者。除了读书，他什么工作都不会做，还好吃懒做。就算是帮人家抄抄书，也经常偷了别人的书去卖掉换酒喝，所以总会被书的主人抓住了打，脸上时常留有伤痕。人们总是拿这些事嘲笑他。最后，他因为偷一位姓张的举人家的东西，被举人老爷打断双腿，死去了。

很显然，孔乙己是科举制度的受害者。可是，鲁迅并没有简单地停留在这个层面上。在小说里，孔乙己的悲剧首先在于他自己——他不能正确地认识自己，或者说，他不敢面对真实的自己和自己的真实处境，始终欺骗自己，让自己生活在"读书人比别人高一头"的良好错觉里。就这样，他成了周围人眼里可笑的人。其次，孔乙己和他周围的人都生活在一个等级制的社会里，头脑中还没有人人平等的现代观念。孔乙己认为自己是个有地位的"读书人"，所以他看不起周围那些没有读过书的体力劳动者。周围的人因为孔乙己比他们还要穷，所以也看不起孔乙己；但他们都认为张举人是上等人，所以孔乙己不应该去偷张举人的东西，张举人却可以打断孔乙己的腿。反过来，如果孔乙己也通过科举考试当上了举人，成为"孔举人"，他同样会毫不留情地把偷他东西的另一个"孔乙己"的腿打断。等级制度和等级观念是造成孔乙己悲剧的根本原因。最后，也是最重要的，我们可以看到小说里的人物都是没有同情心的。人们不但不同情孔乙己，反而嘲笑他，拿他的痛苦和耻辱开玩笑，甚至没有人在意孔乙己最后是不是真的死了。中国人对于生命的漠视和麻木，这是鲁迅在观察中国传统社会时最深刻也最沉痛的一个发现。鲁迅认为，中国人的国民性里一度缺乏"诚"和"爱"。诚是敢于面对自己内心的真实和社会的真实，爱就是尊重、同情自己和别人的生命。其实，诚和爱是人类应普遍具有的性质，也是人类最缺乏的。直到今天，在这个世界上，国家和国家之间，人与人之间，诚和爱不仍然是我们所急需的吗？所以，《孔乙己》讲的是那个时代中国特别的人和事，也是我们这个世界和人类普遍存在的问题。

　　鲁迅说，在他的小说里，《孔乙己》是技术上他最满意的一篇。关于这一点，可以从两个方面看，一个是白描，另一个是叙述人的设计。白描是中国绘画的一种传统手法，是用简单的线条来勾勒形象，不使用色彩。白描也是创作中国文学的一种传统技术，要求把握最能够表现人物性格特征的细节，用很少的文字简洁、准确地描写出来。例如，"孔乙己"是小说主人公的绰号，他的真正的名字反而被人忘了，这个细节说明主人公不是一个受人尊重的、重要的人物。"孔"这个姓又暗示着他代表了中国的传统知识分子。再譬如，在咸亨酒店里，孔乙己是"站着喝酒而穿长衫的唯一的人"。孔乙己一直坚持穿长衫，是因为他认为自己是高人一等的"读书人"，但"站着喝酒"却说明了他真实的生活状况。这个细节非常准确地表现了孔乙己自我欺骗、不敢面对现实的性格特点。当然，小说里最有名的细节还是孔乙己的那句"窃书不能算偷……窃书！……读书人的事，能算偷么？"断断续续的几句话，就把孔乙己自视清高却又理屈词穷的窘态勾勒得惟妙惟肖。

小说里的孔乙己是个很可笑的人物，小说《孔乙己》却是个悲剧。那么，怎么可能用喜剧的方式来写一个悲剧呢？为什么我们读完小说后会不再嘲笑孔乙己，而是深深地同情他呢？这就是鲁迅小说艺术的高明之处。《孔乙己》是用第一人称写成的，"我"——小说的叙述人——用回忆的方式讲了一个"我"十二岁时的故事。那么，作为叙述人的、回忆的"我"和被回忆的那个十二岁的"我"就既是一个人，又不是同一个人。十二岁时在咸亨酒店当小伙计的那个"我"还是个没有自己思想的小孩子，他对待孔乙己的方式和酒店里的其他顾客没有什么不同。所以，在他的观察里，孔乙己是个不值得同情的、可笑的人。小说的前半部分，主要就是从这个"我"的角度来写的。作为叙述人的"我"却是一个像作者鲁迅一样成熟的、有着现代思想的"我"，他对待孔乙己的态度是既有所批判、又非常同情的。这个"我"控制着小说回忆式的叙述，先让读者通过十二岁的酒店小伙计的眼睛看到孔乙己的可笑、滑稽，然后不知不觉地把小伙计对孔乙己的观察换成了叙述人自己的思考和感受。这样，在小说的后半部分，读者看到了孔乙己的善良、软弱和悲惨，也感受到了咸亨酒店掌柜和顾客们对待孔乙己的冷漠和残忍。在两个"我"的转换当中，一个悲剧完成了。

《孔乙己》是鲁迅发表的第二篇小说，和《狂人日记》一样是最早的一批现代汉语短篇小说。它把所有故事情节都放在咸亨酒店这个特定的环境里来集中展开，采用了第一人称的回忆式写作方式，它对白描手法的娴熟运用，凡此种种，都对后来的短篇小说作家产生了极大的影响。

四、作品《好的故事》

在《野草》的二十三篇作品里，有九篇写的是梦。除了这一篇《好的故事》，其余基本都是噩梦。所以说，《好的故事》是很独特的。

《野草》创作于1924年到1926年之间，这也是鲁迅思想最苦闷、矛盾的一个时期——20世纪20年代的中期，新文化运动已经平息，中国社会的黑暗和混乱却没有什么改变，似乎是在印证着那个"铁屋子"的预言。鲁迅陷入了深深的孤独和绝望。但是，鲁迅没有放弃，他努力地让自己振作起来，在绝望里继续抗争。在《野草》里，鲁迅运用象征主义的方式，既曲折、隐晦地再现了现代知识分子内心深处巨大的焦虑、痛苦和绝望，也在紧张地思考着个体自我该何去何从，应该和民族、社会、民众建立起怎样的关系的问题。可以说，《野草》是鲁迅写给他自己的一部书，他在努力地用文学写作的方式来纾解内心的痛苦，治疗情感和思想上的创伤，从而最终让自己从绝望、溃败的情绪里走出来。

《好的故事》就是这么一篇色调温暖、能够慰藉鲁迅焦灼、矛盾内心的散文诗。在第一段和最后一段里，鲁迅都提到了"昏沉的夜"的存在。他说："但我总记得见过这一篇好的故事，在昏沉的夜……""昏沉的夜"指的是鲁迅写作这篇散文诗的那个夜晚，也是鲁迅对当时社会的心理感受。《好的故事》写作于1925年1月28日，农历正月初五。在这个新一年刚刚来临的夜晚，鞭炮声四处响着，代表了人们对新一年的美好向往。同时，鲁迅书桌上的油灯却因为灯油即将耗尽，快要熄灭了。那么，到来的究竟是新的希望，还是完全的黑暗？就是在这样"昏沉的夜"里，鲁迅写了一个"好的故事"，一个美好的梦。

《好的故事》分三次对梦境做了很形象的描述。第一次，鲁迅说："这故事很美丽，幽雅，有趣。许多美的人和美的事，错综起来像一天云锦，而且万颗奔星似的飞动着，同时又展开去，以至于无穷。"这是对梦的总写，描述了这梦美得像漫天的云锦，既色彩斑斓又变化万千。这种描写很符合梦的特点，尤其是"而且万颗奔星似的飞动着，同时又展开去，以至于无穷"这一句，写出了梦中景色的瞬息万变，也为下文具体描写梦境做好了铺垫。

接下来的一段，写的是鲁迅梦中的回忆。他回想起十几年前，曾经乘船去城外的山阴道游玩，看到两岸的人物、风景和头顶的蓝天一并倒映在清澈的河水里，众多的倒影又和水面反射的点点阳光一起，随着船桨的划动而摇晃、闪烁，扭曲、变化出各种奇异的景象。在鲁迅的感觉里，人在梦里看到的，就像是岸边的景物倒映在河水里，浮动着，看不太清楚。风的吹拂或者桨的轻轻拨动，又会搅乱满河的倒影，让它们变化、伸展、交融又分离，组合出异样的美来。所以，这一段既是对记忆中的故乡景色的实写，也是在用水中的倒影来比喻梦里的情景。

于是，鲁迅接着写河中倒影的种种变化。大朵大朵浓艳的红花投映在河水里，浮动着，一会儿散开，一会儿又被拉长，一会儿被拉长的红花扩散成红艳艳的锦带，把其他的影子全裹了进来——这是河水突然动荡起来的缘故。但随着河水恢复平静，那条红锦带飘散开来，不见了，就像是融到（"织进"）其他影子里边去了。可以看到，鲁迅第一次是从总体上来概括梦的特点的。第二次则具体用小河里的倒影来比喻这个美丽多彩的梦，更多的是对河水和倒影的描写。第三次，鲁迅从运动和变化的角度来写，因此离真实的世界更远一些，更多的是描摹梦的主观幻觉的一面。三次写梦，都不是写梦，而只是在写河中的倒影；却又都是在写梦，是一层层从外部的真实的描写逐渐深入一个变形的、非理性的心理幻象。

和上述三次写梦相伴随的，是"我"的三种不同的态度。第一次，只是淡淡地说"我在蒙胧中，看见一个好的故事"。第二次就开始有些激动地表示这梦境"永是生动，永是展开，我看不见这一篇的结束"，言下之意就是想更清楚地了解这个"好的故事"。于是有了对于梦的第三次更为精彩的描写。通过第三次的描写，"现在我所见的故事清楚起来了，美丽，幽雅，有趣，而且分明。青天上面，有无数美的人和美的事，我一一看见，一一知道。"这一次，"我"的语气显然是很快乐的，所以才有"我就要凝视他们"的迫切心情。

三次写梦，三种心情。从平静到有些激动，再到很快乐，这里有层层推进的节奏感。和这种节奏感相配合的，是核心词语、句子和形象在三次写梦过程中的反复出现。这些成分共同组成了这首散文诗复沓、重叠的声韵，带来既强烈、单纯又有明显层次感的听觉的美感。

《好的故事》写的是过去生活中的美好回忆，即人生中值得珍惜和保护的一切。虽然，在黑夜里，这个美梦显得很脆弱、单薄，但它毕竟让鲁迅这样的人感到温暖，使他重新获得生存的勇气。而且，也只有像鲁迅这样还能够在黑夜里想起这微弱的"好的故事"、对人生的意义还有所追求和坚持的人，才是真正的热爱人生、热爱这个活着的世界的人。这就是这篇散文最后一段所说的："但我总记得见过这一篇好的故事，在昏沉的夜……"

五、鲁迅的影响：乡土想象和国民性批判

作为主要的开创者和实践者之一，鲁迅对现代汉语文学的影响是全方位的。其中，最为引人注意的是他对传统的中国乡土社会的想象和文学再现，以及与此相关的国民性批判的文学主题。

"国民性"（national character）又叫"民族性"，是现代民族国家理论中的一个重要概念。国民性指的是一个民族中的大多数人共同拥有，并且在他们的生活中发挥巨大作用的心理要素、性格特征、行为模式和文化传统。国民性的概念最早出现在欧洲和美国，后来经过日本传入现代中国。鲁迅留学日本时，日本思想界、文化界最热衷的话题就是日本民族的国民性问题，这直接启发了鲁迅对中国国民性的思考。只不过，在欧美现代民族国家，国民性主要指的是一个民族国家自身所具有的特点，既有缺点也有优点；而在日本、中国这样受到西方侵略、被迫向现代西方学习的国家，国民性更多指的是缺点，或者被认为是民族的劣根性，迫切需要改造和

批判。这些缺点、劣根性是通过与西方现代国家相比较而被看到和描述出来的。

在鲁迅之前，严复、梁启超等人已经对中国人的国民性有很深入的研究。鲁迅进一步深化了之前的相关研究，更用文学的形式对这些国民性进行了集中、准确、生动的再现，并且自觉地在人性、文化的层面展开了极有深度的讨论。例如鲁迅所提炼的中国人的"看客"心理，以及中篇小说《阿Q正传》里的"精神胜利法"，它们固然是中国人文化心理上的特点，但也不同程度地存在于其他民族和国家的文化里，可以说是人的一种共性。鲁迅的国民性批判，虽是因具体的人、事有感而发，但他重点挖掘的是它的文化层面的意义。正是由于鲁迅持续而颇见成效的努力，国民性的批判和改造成为近百年来现代汉语文学的一个基本主题。

国民性批判的主题集中体现在鲁迅的农村和农民题材的小说里。鲁迅对中国农民的苦难命运抱有非常深切的同情，也很清楚他们的性格弱点和精神上的病态。在小说里，鲁迅真实地记录了当时中国，特别是他的故乡浙江绍兴农村的现实情况，反映了贫苦农民和农村妇女所遭受的不公正待遇；同时，作为一位接受了西方现代思想的知识分子，他对传统文化，对农民的愚昧、麻木和落后，又进行了毫不留情的批判。可以说，鲁迅对农村、农民的文学表现是和他对中国传统文化的尖锐批判紧密联系在一起的，他是从文化批判的角度来想象农村和农民的。因此，他笔下的农民形象既有鲜明的个性，又高度类型化，集中代表了中国传统农民某一方面的特点。

鲁迅的这种写作方式普遍地被追随他的一批年轻作家模仿着，以至于形成了一种新的小说类型，即"乡土小说"。这些乡土小说作家离开闭塞的农村和小乡镇，在北京、上海这样的大城市接受高等教育，成为有着新思想的现代知识分子。当他们用全新的、现代的眼光来看待记忆中的故乡的时候，在乡愁之外，他们看到的更多是传统文化的罪恶，以及生活在传统文化中的农民的愚昧和不幸。回忆、乡愁、浓郁的地域特色和犀利的文化批判，成为乡土小说的基本组成。现代汉语文学史上存在着几种不同的农村想象，例如政治与革命的想象、诗化田园的想象等，最先出现的却是这种以鲁迅和乡土小说为代表的文化批判式的想象，即把农村和农民当成一种有待现代文明来批判和改造的传统文化的存在。这种想象方式贯穿了整部现代汉语文学史，尤其是在 20 世纪 80 年代中国大陆的寻根文学中，又一次得到了集团式的、进一步的发展。

第三讲

新诗文体概说

一、汉语诗歌的体式

汉语诗歌的历史非常悠久。它起源于远古时期人们的口头吟唱，后来被人们用文字的形式记录下来，形成诗歌。在公元前 11 世纪到公元前 6 世纪这段时间，统治者采集、整理了 305 首诗歌，汇合成第一部汉语诗歌总集《诗经》。《诗经》被认为是汉语诗歌的真正开端。

从那以后，由于社会生活、人们情感与心理世界的不断变化、丰富，以及汉语自身的发展，汉语诗歌从《诗经》的四个字一句的四言诗，逐渐发展出五言诗、七言诗，以及每句字数不那么整齐的杂言诗。

到了唐朝（618—907 年），汉语诗歌进入了它的成熟期，出现了最能够代表汉语诗歌的艺术成就，也最能体现古代汉语的美的近体诗。唐诗之后，宋朝（960—1279 年）把另一种诗歌文体形式——"词"推向高峰。在元朝（1271—1368 年）大放异彩的是"曲"这种新形式。习惯上，我们把它们简称为唐诗、宋词、元曲。至于近体诗之前的四言诗、五言诗、杂言诗，也可以统一叫作古体诗。

近体诗、词、曲因为在语言形式上有很严格的规定，所以也称为格律诗。"格"是说这一类型的诗歌在句和节的组织上有严格的硬性规定，比如说每句诗里有几个字，每个诗节由几句组成，以及诗句的字数、诗节的句数是整齐统一（"齐言"），还是有规律的变化，或者没有要求，等等。"律"则侧重于语音层面上的规定，主要有平仄、押韵等方面的要求。

诗（包括古体诗和近体诗）、词、曲是古代汉语诗歌的基本形式，直到今天，也还有大量的爱好者在写作。

可以看到，汉语诗歌的诗体形式是不断变化着的，不同时代的人都在选择和创造适合他们自己的情感表达方式，汉语的历史变化也在改变着汉语诗歌的语言面貌。现代汉语诗歌就是在这种情况下出现的。

二、现代汉语诗歌的"新"

古代汉语诗歌是旧诗、古诗；现代汉语诗歌是新诗。那么，它的"新"表现在哪几个方面呢？

1. 语言的新

语言的新变化，带来了诗歌形式的改变。

首先，新诗使用的是现代汉语，不是过去的文言或者古代汉语。古代汉语里边单音节词比较多，一个字就是一个词，古诗里每一句的字数就容易整齐，五言诗和七言诗是最主要的诗体。现代汉语里边双音节、多音节词比较多，几个字才构成一个词，想在新诗里保持每句字数一样多，就不是件容易的事，因此也很难按照旧诗的要求来写作。

其次，汉语的语音系统在现代汉语里发生了变化。五六世纪，人们根据当时汉语语音的特点，区分出了平、上（shǎng）、去、入四种声调，其中入声称为仄声，其他三种称为平声。平声舒缓、悠长，仄声短促、有力，平声和仄声有规律地组织在一起，就会产生语音的美感。在这个基础上，古诗形成了它在语音方面的各种规定，即格律。在以双音节词为主的现代汉语里，入声已经不存在了，单个汉字的读音发生了很大变化，语流音变成为重要的现象，音节的长短成为现代汉语诗歌创造声音美的主要手段，而不再是声调的平仄。

最后，在语法上，现代汉语的分析性和语法的绵密程度大大增强，远不是旧诗诗体所能承载的。比如说元曲里马致远创作的《天净沙·秋思》："枯藤老树昏鸦，小桥流水人家，古道西风瘦马。夕阳西下，断肠人在天涯。"前边的三句用的全是名词，如果用现代汉语来写，就要加上很多的介词来说明各种景物之间的空间关系。

2. 诗歌题材的新

汉语文学史上有种说法——"一代有一代之文学"，就是说每一个历史时期，都会有适合这个历史时期的文学形式。进入 20 世纪，世界发生着巨大的变化，人们的生活方式和生活内容也在剧烈地变化着。更重要的是，我们的认识方式、感受方式、心理结构也和以前不一样了。诗歌直接反映的是人的心理活动和情感，世界和人都变了，就要求有新的诗歌形式来表现它。可以比较一下唐朝诗人李白的《独坐敬亭山》："众鸟高飞尽，孤云独去闲。相看两不厌，只有敬亭山。"以及当代诗人曾卓的新诗《悬崖边的树》：

悬崖边的树

不知道是什么奇异的风/将一棵树吹到了那边——/平原的尽头/临近深谷的悬崖上/它倾听远处森林的喧哗/和深谷中小溪的歌唱/它孤独地站在那里/显得寂寞而又倔强/它的弯曲的身体/留下了风的形状/它似乎即将倾跌进深谷里/却又像是要展翅飞翔……

同样是在欣赏景物，李白这位古人是坐在敬亭山上观赏敬亭山的风景，他就在大自然当中，并且是"相看两不厌"，跟敬亭山有着精神上的交流。这是古代中国人的天人合一的自然观，人是自然的一部分。曾卓的诗却不一样，他和"悬崖边的树"是看和被看的对立关系，就像是在画外欣赏一幅画，用自己的经验来理解和想象，是对树的重新发现。这是现代人的以人为中心的自然观，人与自然是"我"和"他"的关系，人在自然外边，又占有和控制自然。

3. 诗体形式的新

首先，也是最直观的，是现代汉语诗歌的书写排列方式。古代诗歌的书写排列方式是从右向左、竖向连贯地排列句子，句子和句子之间不分行，不使用标点符号。现代汉语诗歌的书写排列方式有竖排和横排两种。前者是从右到左一列列地排，后者是从左到右一行行地排。不过它们的行或者列之间都是分开的、不连贯的。一般情况下，一句就是一行或者一列，但有的时候一个完整的句子会写成两行或者更多，即"跨行"。现代汉语诗歌在标点符号上没有明确规定，可以用，也可以不用，不用的时候以空格来表示停顿。

其次，现代汉语诗歌和古代汉语诗歌最大的不同在于前者形式的自由和多样。古代汉语诗歌有许多种诗体，每一种诗体都有自己明确的形式上的规定。诗人可以选择其中一种来写作自己的诗，但必须遵守这种诗体的规定。现代汉语诗歌不一样，它在诗歌语言形式上没有严格的规定，诗人们可以根据自己的需要自由地写。诗的句子可长可短，可以押韵，也可以不押韵，可以写分行的诗，也可以写不分行的散文一样的诗。不过，现代汉语诗人也在不断探索新的诗歌体式。虽然没有像近体诗、词、曲这样大家公认的标准诗体，可是诗人们也会创造出属于自己的格律化的诗体，比如像林庚创造的九言诗，每行都是九个字。或者，一首诗有属于这首诗自己的声音模式，在这个方面，朱湘的《采莲曲》就很典型。

所以说，现代汉语诗歌的形式非常自由，甚至可以说是没有体的，想怎么写都行；但它也在创造着丰富的诗体形式，来满足人们抒发感情的各种需要。当然，也有研究者认为这说明现代汉语诗歌还不成熟。

三、现代汉语诗歌的诗体类型

诗歌的诗体分类有很多种标准，按每种标准分出来的诗体类型不一样，彼此之间也有交叉。所以，我们要明确是按照哪种标准来进行的分类。另外，现代汉语诗歌基本上采用的是现在世界上通行的诗歌分类方法，在学习时大家不妨参考自己国家的诗歌或者过去接触到的诗歌来理解。

诗歌可以分为有严格规定的格律诗和没有规定的自由诗。其实，各民族的传统诗歌一般都是有形式上的规定的。自由诗（free verse）是由美国诗人惠特曼（1819—1892 年）创立的，也有人认为是起源于 19 世纪末 20 世纪初的欧洲。从产生到现在，现代汉语诗歌的主流是自由诗。诗人们也在不断尝试发现现代汉语的语音规律，努力创造现代汉语诗歌的声音美，形成了各种格律化的诗体，我们也可以称之为"新格律诗"或者"现代格律诗"。

根据诗歌内容来分类，有抒情诗、叙事诗、哲理诗、讽刺诗等。抒情诗当然以表达情感为主，叙事诗是用诗的形式来讲一个故事，哲理诗的内容是人生智慧、理趣，讽刺诗运用讽刺、幽默的方法来批评、抨击诗人所不赞同的现象。这些诗体可以是自由诗，也可以是格律诗。不过，无论是叙事还是说理或是讽刺，都必须有着抒情的性质。抒情是诗歌最基本的特点。比如叙事诗的重点就不在故事情节上，而着重表现诗人和故事里人物的心理活动、情感变化。

根据诗歌篇幅的长短来分类，有小诗、长诗、组诗等。小诗最短的只有一行，最长的也不过三五行；长诗一般都是四五十行以上的，上百行甚至更长的也不少见。有些篇幅巨大的诗，是在一个总的标题下面，由三首或者更多首主题相同或者相关的诗组成，这种诗叫组诗。组诗里的每一首诗相对独立，彼此又有密切的联系，共同组成一个整体。

还有一些比较特殊的诗。比如说，用散文的形式来写的散文诗。散文诗不分行，和散文一样是一段段写的，但它的抒情性更强，句子与句子、段落和段落之间往往是跳跃的，逻辑联系不强。另外还有朗诵诗、歌词、剧诗、具象诗等等。

四、现代汉语诗歌的意象

怎样欣赏现代汉语诗歌的作品呢？可以从两个方面来入手。一个是注意诗歌的声音节奏，一个是考察诗歌里的意象。

汉语诗歌历来有通过意象抒发感情的传统。意象就是意和象。意是诗人要表达的感情和心理状态。两千多年前，中国人就认识到人的内心世界非常丰富细腻，能够用语言文字直接表达出来的只是其中的一部分。为了克服这个困难，汉语诗人选择了间接抒情的方法，通过描写特定的景象、场面、感觉、事件等来暗示、象征自己要写的内容。这些景象、场面、感觉、事件，就是象。用象来抒情，仿佛是画家把自己的心情隐藏在具体的画面里。不过，在汉语诗歌里，意和象本身就是一个整体，读者要通过感受和想象诗里的象来体验诗人的意。而且，由于面对同一个象，每个人的理解和感受又不太一样，这就造成了汉语诗歌的含蓄、多义的特点。例如当代诗人北岛的《生活》，只有一个字"网"。"网"这个意象里包含了诗人对生活的理解，但具体是什么意，答案就很多。

欣赏现代汉语诗歌，要注意诗人是怎样用语言创造一个意象的，想象这个意象的美，以及诗人运用了哪些巧妙的手法。北岛的《生活》，直接把抽象的"生活"和具体的"网"这两个词放在一起，显得很突然，使人惊奇。可是，仔细想想，又是有道理的。把抽象的观念用具体化的方式写出来，这是一种重要的诗歌写作手法。诗人除了一个"网"字，没有再做任何说明，反而给读者留下了巨大的想象空间，每个人都可以根据自己的生活经验来理解这首诗。

一首诗里往往不止一个意象，怎样把几个意象组织起来，也是我们考察诗歌意象美的重要内容。有的时候，诗人会用几个意象来集中表达一种想法；有的时候，诗人只是用一系列意象来渲染出一种氛围、情调，并没有明确具体的意图。请读臧克家的《三代》：

三 代

孩子/在土里洗澡；

爸爸/在土里流汗；

爷爷/在土里埋葬。

在尘土中玩耍嬉闹的孩子，在田野上耕种劳作的父亲，在泥土里无声无息的祖父，围绕着农民与土地的关系，诗人把三个意象平行排列在一起，非常凝重、简练地刻绘了农民千百年来的苦难命运。再来看昌耀的《斯人》：

斯 人

静极——谁的叹嘘？

密西西比河此刻风雨，在那边攀缘而走。
地球这壁，一人无语独坐。

写作这首诗时，诗人生活在青海高原上，此外和美国的密西西比河恰好在地球东西两边同样的位置上，遥遥相对。这首诗的气势非常宏大，地球仿佛是漂浮在无垠宇宙中的小球，所以我们可以同时看到"那边"的密西西比河，以及"这壁"的青海高原。在"那边"，人们在地球的球体表面"攀缘而走"；至于地球的这一边，诗人直接说是"这壁"，也是在暗示小小球体表面的陡峭，人坐在地上就像是攀附在皮球上的蚂蚁。在这样宏大开阔的视野中，轻微的"叹嘘"声衬托出"静极"；地球东边和西边的人互不沟通，各行其是。西边的"风雨"喧哗和东边的"无语独坐"再一次形成动和静的反差；地球本身又漂浮在死寂的宇宙中……这几个意象连缀、组织起来，共同构成孤独、寂寞的氛围和心境。"斯人"就是"这个人"，他是孤独的、寂寞的。可是，"这个人"又是谁呢？可能是诗人自己，也可能是读者，更可能是我们每一个人。于是，无论人、地球还是宇宙整体，都是"静极"的、孤独而寂寞的。诗人可能就是那个青海高原上"无语独坐"的人，他想到这一切，自然会生出大感慨、大悲悯。

同样是写人的孤独，废名的《街头》格局要小很多，却也轻盈、精致，意象之间跳跃性极强：

街　头

行到街头乃有汽车驶过，
乃有邮筒寂寞。
邮筒 PO
乃记不起汽车的号码 X，
乃有阿拉伯数字寂寞，
汽车寂寞，
大街寂寞，
人类寂寞。

在现代汉语诗歌里，经常能见到词语或意象的断裂和跳跃。像这首《街头》，诗人走到街头，恰好一辆汽车开过去，他看到空旷的路对面有一个邮筒。于是，他觉得那邮筒是寂寞的，因为汽车根本没有留意到它的存在，就开过去了。从邮筒上喷涂的英文 post office 的简写 PO，诗人想到自己也不曾注意到那辆汽车的车牌号码是多少，所以是"阿拉伯数字寂寞"。接下来，诗人的思绪跳跃起来，无论是作为物的汽车、大街，还是我们人类，都是孤独的存在，都是寂寞的。

也有一些诗，是围绕着一个中心意象来展开的，比如我们前边介绍过的曾卓的《悬崖边的树》。再比如徐志摩《再别康桥》的第二段："那河畔的金柳，／是夕阳中的新娘；／波光里的艳影，／在我的心头荡漾。"在夕阳的金色光线涂染下，河边的柳树也变成金黄色的了（"金柳"），像是刚刚梳洗装扮好的盛装新娘，它的色泽鲜亮的倒影（"艳影"）随着河水的波动而起伏变化。看到这样的美景，诗人宁静如水的心情激动起来。他没有说是金柳艳影的景色感动了他，而是很巧妙地用"荡漾"这个动词把河水和自己的心情结合在了一起，柳树投影在河水里，就变成了"波光里的艳影，／在我的心头荡漾"。这就是从一个核心意象出发，围绕这个意象不断展开新的想象。当然还有相反的情况，诗人把复杂的想象活动浓缩在一个意象里。闻一多的《也许》里有一句"不许阳光拨你的眼帘"，是说一个父亲在悉心地呵护着女儿，让她不受任何干扰，睡个好觉。如果我们分解一下诗人的心理活动，应该是这样的：强烈的阳光照在孩子的脸上，会干扰她的睡眠，让她醒过来，睁开眼睛；阳光是太阳的手指；孩子被惊醒，好像是太阳伸出阳光的手指把她的眼帘给拨开了；父亲不愿意这样……这四层意思，被诗人很简练地浓缩成只有九个字的一句话，确实很了不起。最后，我们再来看看，诗人们是怎样把我们介绍的这些创造和组织意象的方法综合运用在一首诗里的。洛夫的《金龙禅寺》：

金龙禅寺

晚钟
是游客下山的小路
羊齿植物

沿着白色的石阶

一路嚼了下去

如果此处降雪

而只见

一只惊起的灰蝉

把山中的灯火

一盏盏地

点燃

诗的题目里有个"禅"字，"禅"是静思，是对自己内心世界的深入观察和体验，也是宁静地感受外部景物、事件在自己内心造成的心理反应。寺庙的钟声、下山的小路、路边的蕨类植物、突然飞起的灰蝉、山中的灯火……《金龙禅寺》把这些意象汇拢起来，共同构成一幅山寺暮色图。

五、现代汉语诗歌的声音

现代汉语诗歌语音层面的美也被形象地称为"音乐美"，就是说诗人们像音乐家一样，发挥汉字在字音、字调上的特性，将它们编织成优美的旋律、动人的节奏，让歌唱家演唱，由朗诵者吟咏，为诗的读者带来听觉的美感。

这种音乐美，在现代汉语里，主要是通过"顿"和"韵"两个方面来实现的。

所谓"顿"，指一句话、一行诗里的停顿。顿的划分有两种标准。有根据意义做出的停顿，叫作"意顿"；有根据发音做出的停顿，叫作"音顿"。一般情况下，音顿要能配合意顿，不过，太长的意顿，也会被自然切分成几个音顿，例如音译词"布宜诺斯艾利斯"，就可以切分成"布宜/诺斯/艾利斯"。

和一字一词（单音节）的古代汉语不一样，现代汉语以双音节和三音节为主，在句子中就是每两个字或者三个字有一次停顿。双音节的、两个字的停顿是"二字顿"，三音节的、三个字的停顿是"三字顿"。超过四个字的停顿，一般就会被分成几个二字顿和三字顿。

也有单音节的、一个字的停顿。但是，单字顿通常黏附在另一个顿的前面或者后边，组成二字顿、三字顿，甚至是四字顿。单字顿在行尾、句尾，要占满二字顿的音长，所以有吟唱、吟诵的效果；单字顿在行首、句头，往往有强调的效果；单字顿在行中、句中，则会造成语音的顿挫变化。

在说话、读书的时候，每顿所占时长基本相等。所以，相比较来说，二字顿的语速中等，如果二字顿连用，语速平和，略显缓滞；三字顿语速比二字顿要快，三字顿连用则显得语气急迫、紧张。之所以有这样的不同感受，也是因为在心理感受上，二字顿属于偶数节拍，偶数节拍两两对应，彼此应和，是一个完成了的、完整的节奏单位。三字顿属于奇数节拍，奇数节拍是不完整的、有待完成的，具有前冲力。

下边举几个具体的诗例：

但我/不能/放歌，
悄悄/是别离的/笙箫；（这是一个完整的节奏模式）
夏虫/也为我/沉默，
沉默/是今晚的/康桥！（重复前两行的模式）

——徐志摩《再别康桥》（节选）

卑鄙/是/卑鄙者的/通行证，

高尚/是/高尚者的/墓志铭。

看吧，/在那/镀金的/天空中，

飘满了/死者/弯曲的/倒影。

（一字顿和三字顿占优，造成峻迫、顿挫的听觉效果）

——北岛《回答》（节选）

眼底下/绿带子/不断的/抽过去，

电杆木/量日子/一段段/溜过去。（三字顿连用，快速）

——卞之琳《还乡》（节选）

以感谢/你必用/渗墨纸/轻轻的/掩一下（三字顿连用，迟滞）

——卞之琳《无题（三）》（节选）

反正/我们/已经/烂醉（二字顿连用，缓慢）

——卞之琳《远行》（节选）

概括地说，现代汉语诗歌通常是每个诗行以二字顿为主导，通过二字顿和三字顿的配合使用，来组成有规律的、整齐又富有变化的节奏。其中，每一个诗行的顿数以不超过五顿为宜。当然，也存在为追求特殊的抒情效果而写成的超长的诗句。在现代汉语诗人中，卞之琳是在停顿和韵法方面尤为用力而且贡献最大的一位。接下来看他在《白螺壳》第一节是怎样通过顿的安排来组织诗句的节奏的：

行数	诗句	停顿的排列
第一行	空灵的/白螺壳，/你，	331
第二行	孔眼里/不留/纤尘，	322
第三行	漏到了/我的/手里	322
第四行	却有/一千种/感情：	232
第五行	掌心里/波涛/汹涌，	322
第六行	我感叹/你的/神工，	322
第七行	你的/慧心啊，/大海，	232
第八行	你细到/可以/穿珠！	322
第九行	我也/不禁要/惊呼：	232
第十行	"你这个/洁癖啊，/唉！"	331

忽略掉押韵的因素，可以看到，第一行和第十行的顿的组织都是331，第四行、第七行和第九行则都是232，它们彼此遥相呼应；第二行和第三行都是322，第五行和第六行也都是322，同样是相邻两行的节奏重复。这样一来，《白螺壳》第一段在句子节奏上就相当整齐、有规律。同时，还要看到，第七行和第十行句子里存在行中的大顿逗号和"啊"，这就在全诗的统一的一句三顿里造成变化。第一行和第十行句尾的一字顿，以及其他八行句尾的二字顿，也是诗人精心的安排。卞之琳发现，一句诗的句尾如果是二字顿收尾，这句诗读起来就倾向于日常说话的样子；如果是单字顿、三字顿收尾，就更接近于歌唱和吟诵。那么，《白螺壳》的第一段就是以说话的调子为主干，又缀饰上了歌与吟的悠扬感慨。这其实也就是卞之琳在《重探参差均衡律——汉语古今新旧诗的声律通途》这篇文章里说的，新诗的声音重点在于节奏，"看来还是循现代汉语说话的自然规律，以契合意组的音组作为诗行的节奏单位，接近而超出旧平仄粘对律，做参差均衡的适当调节……音随意转，意以音显，运行自如，进一步达到自由"。他所说的"音组"，就是"顿"的意思。

　　"韵"或者"押韵"是汉语诗歌传统格律的重要组成，是汉语诗歌最重要的形式标志之一。韵在中国出现最早，流传到今天的古籍大半都是有韵的，不仅诗歌，记事说理的著作也往往有韵。这一方面和其他语言的诗歌传统明显不一样。例如，西方诗歌并不是从一开始就有韵的：古希腊语诗歌、古罗马拉丁语诗歌就不押韵，古英语诗歌只押头韵。在后来的英语诗里，也主要是抒情诗押韵，叙事的、议论的诗就大多无韵。印度古代梵文诗没有脚韵，日本诗一直到现在也没有韵。

　　为什么韵在汉语诗歌里这么重要？有三个方面的理由。一是汉语单体独音，每个音都有独立的价值，而且汉语中字与字的发音在声音的轻重、长短和高低上区别并不明显，这就需要用"顿"和"韵"在平直的语音流中标明和加强节奏。二是汉语是音节文字，字、音、义三者对应，字词之间的联系却比较松散。所以需要用韵把容易涣散的音节串联起来，前后呼应。也就是说，韵在汉语诗歌里有两种作用：划分节奏单位（停顿）和贯通节奏单位（呼应）。所以，汉语诗歌的音律的形成离不开用韵。三是汉语有着得天独厚的押韵的优势，这主要表现为：①汉语是音节文字，音节由辅音和元音拼合而成，拼合时辅音在前、元音在后，非常整齐。押韵只讲求元音相同，这对汉语诗歌来说十分容易。②汉语音节大多是元音收尾，辅音出现在音节的开头位置。与此相对应的是，汉语诗歌押韵一般是在一句诗或者一行诗末尾的节奏点和意义顿上，这就为诗人在行末或句尾押韵提供了方便，也让押韵和诗行的节奏以及所强调的意义重点三者重叠在一起，彼此强化，效果非常显著。③汉语元音多，同音字、同韵字多，用韵非常便利。④汉语语法灵活，词序安排比较自由，词语之间的语法联系不是很紧密，诗人可以通过词语的选择、词序的调整来实现最好的押韵的效果。

　　所以，汉语诗歌有着悠久的有韵的历史，即使是在现代汉语新诗初期，很多人主张废除用韵，新诗人们还是有意无意地延续了诗歌用韵的传统，就像朱自清在《诗韵》一文里说的，考察初期的新诗就会发现，韵脚还是比较广泛的存在，"这值得注意。新诗独独的接受了这一宗遗产，足见中国诗还在需要韵，而且可以说中国诗总在需要韵"。闻一多在给朋友吴景超的信里也说,"中国韵极宽;用韵不是难事,并不足以妨害词意。既是这样,能多用韵的时候,我们何必不用呢? 用韵能帮助音节,完成艺术;不用正同藏金于室而自甘冻饿,不亦愚乎?"

这里所说的"韵",主要指的是诗歌里某些句子的末尾用了韵母的主要部分(韵母的主要元音和韵尾)相同的字,也叫作"脚韵"或"尾韵"。也有同一个诗行的不相邻的位置使用韵母相同的字的情况,叫作"内韵"或者"行中韵"。如果是不同行的行尾以外的位置韵母相同,则叫作"行间韵"。比如余光中的这首《漂水花——赠罗门之二》:

漂水花
——赠罗门之二

在清浅的水边俯寻石片
你说,这一块最扁
那撮小胡子下面
绽开了得意的微笑
忽然一弯腰
把它削向水上的童年
害得闪也闪不及的海
连跳了六、七、八跳
你拍手大叫
摇晃未定的风景里
一只白鹭贴水
拍翅而去

其中，前三行和第六行里，散布着"浅""边""片""扁""面""年"等韵母相同的字，整体上属于行间韵，但如果仅就第一行来说，"浅""边""片"就是行中韵。

单纯来说脚韵或者尾韵，这是汉语诗歌最常见的韵，但也有很多种形式。基本形式是偶数行押韵，即第二、四、六等偶数行的行尾用韵，这在汉语诗歌里最为常见。新诗受到外国诗歌影响，出现了一些新的用韵方式。比如说双行韵（相邻两行的行尾用韵，两行一换韵，标示为 aabb）、抱韵（第一行和第四行尾韵相同，第二行和第三行又用另一个韵，标示为 abba）、交韵（第一行和第三行、第二行和第四行交叉用韵，标示为 abab）等。请看冯至的这首十四行诗《我们站立在高高的山巅》：

我们站立在高高的山巅

我们站立在高高的山巅
化身为一望无边的远景，
化成面前的广漠的平原，
化成平原上交错的蹊径。

哪条路、哪道水，没有关联，
哪阵风、哪片云，没有呼应：
我们走过的城市、山川，
都化成了我们的生命。

我们的生长、我们的忧愁

是某某山坡上的一棵松树，

是某某城上的一片浓雾；

我们随着风吹，随着水流，

化成平原上交错的蹊径，

化成蹊径上行人的生命。

前八行（第一、二段）用的是 abab 的交韵，接下来四行是 abba 的抱韵——第九行句尾的"愁"和第十二行的"流"、第十行句尾的"树"和第十一行的"雾"，分别押韵。至于全诗最后两行又用的是双行韵，"径"和"命"相押。

总起来说，虽然现代汉语新诗迄今还没有形成固定、成熟的声韵格律形式，但是诗人们并没有放弃对这一方面的探索和创造，也形成了一些基本的共识，可以作为我们欣赏新诗声音的美的参考，这就是：通过顿的组织构成新诗的基本节奏；用灵活多样的韵式串联起诗行，并综合使用谐音、拟声、重言等手法，共同造成诗歌优美动听的声响织体。

第四讲

新诗的历史发展

抒情是中国文学的核心传统。早在两千多年前，《尚书·尧典》就有"诗言志"的说法，意思是说诗歌是诗人用来表达自己内心的志向、理想的。汉代《毛诗序》在解读《诗经》的时候，进一步指出"在心为志，发言为诗。情动于中而形于言"，除了说诗人把心中的志向写出来就是诗歌，还明确了感情活动在诗歌写作中的重要性：诗歌就是把诗人内心的感情活动用语言文字表达出来。这种认识随后被人们更精确地概括为"诗缘情"，突出了诗歌是由情感生发的道理。

因此，中国古代诗歌几乎都是抒情诗。一代代的诗人在情感的抒发中创作出各式各样的诗歌，有赠别、宴饮、悼亡，更有咏物、写景、议论，但无一例外浸透着浓浓的情感。古代的文人们也总喜欢在诗词曲赋里寄托自己的感情——高兴的，悲伤的，隐逸山林的，进取功名的，一一都能在诗的文字里得到慰藉。

不过，唐宋以后，尤其是明清时期，诗人们遇到的阻碍越来越多，越来越大。因为，已有的诗体类型只有那么多，所咏叹的情感很难再突破前人的范围，在诗歌形式、语言表达上创新的难度越来越大，诗人很难摆脱庞大而古老的诗歌传统的影响。与此同时，追求突破的努力也在不断进行，不断积累，并且在西方现代诗歌的影响下，最终导致了结构性的突破，在 20 世纪最初的 20 年中，诞生了新的现代汉语诗歌。

一、从"白话诗"到"新诗"

胡适是现代汉语诗歌最早的理论倡导者。在 1917 年发表《文学改良刍议》之前，他已经开始思考诗歌采用口语白话来写作的问题。他的观点是：①采用口语白话来写诗，诗歌语言要近于白话；②主张"诗体大解放"，挣脱已有的诗歌形式上的种种束缚；③用"自然的音节"取代旧诗词的格律，用口语的语法取代文言的语法，并且吸收现代西方的新语法；④新的诗歌的内容应该是现代中国人的生活、思想和情感。其中，所谓"自然的音节"，就是在现代人说话和写文章的时候自然而然地表现出来的语调、节奏、语气等的基础上，进行适当的整齐化和美化，使之既是口语的、自然的，又具有一定的音乐的美。

胡适也是最早的现代汉语诗歌的创作实践者。1918 年，他在《新青年》第 4 卷第 1 号发表了《鸽子》，同一期发表的还有刘半农的《相隔一层纸》、沈尹默的《月夜》等诗作。这是最早一批公开发表的现代汉语诗歌作品。1920 年，胡适出版了个人诗集《尝试集》，这是第一部正式出版的现代汉语诗歌的个人诗集。和胡适一起尝试新的诗歌创作的，还有沈尹默、俞平伯、康白情、刘大白、周作人、鲁迅等人。因为他们的诗歌尤其强调采用口语白话作为工具，要求摆脱旧的诗词的束缚，所以被人称为"白话诗"或者"初期白话诗"。白话诗是现代汉语诗歌的最初形态。

白话诗为现代汉语诗歌开辟了最初的道路，但因为创新者们关注的重点是使用白话和打破旧诗词的束缚，相应地忽视甚至是无视诗歌自身的审美特点，所以很快就在读者中引起了"不是诗"、诗味儿不浓一类的批评，并且得到更年轻的诗人们的纠正。这样，在 20 世纪 20 年代初期，"白话诗"的名称被"新诗"取代，诗人们开始强调新诗首先必须是诗，情感和想象力是新诗的基本要素。其中，郭沫若的创作被认为是新诗的真正的诞生，闻一多、徐志摩等新月诗派的作品和理论则把新诗推上了建设的道路。

郭沫若对新诗的贡献集中在他早期的创作和理论上，尤其是 1921 年出版的第一部个人诗集《女神》。闻一多曾经评论《女神》说，郭沫若的诗才称得上是真正的新诗。整体上看，一方面，郭沫若的诗歌进一步把胡适的"诗体大解放"推向了极致，奠定了自由诗在现代汉语诗歌中的地位。另一方面，在他这里，新诗明确地从古典诗词和白话诗当中独立出来，有了自己的特性：首先，受到西方浪漫主义的影响，郭沫若认为诗歌是强烈情感的自然流露。强烈的抒情性质，也充分体现在他的作品里。在这一点上显然不同于白话诗。其次，《女神》所抒发的感情，完全是发自一个自由而且强壮有力的现代独立个体的激情，不同于古典传统里边包蕴的温柔敦厚的社会性情感、集体性人格。郭沫若强调诗歌是诗人的自我表现，他也最早在诗歌中塑造了现代中国人的个体自我形象。最后，与充沛、狂野的激情相配合，《女神》不仅显示出强大的想象力，而且大大扩展和刷新了汉语诗歌的想象空间和基本形象，无论是现代科学技术，还是世界各国的人文思想、自然奇观，都被裹挟、融会在诗人汪洋恣肆、酣畅淋漓的想象当中。

他的《天狗》是诗人这一时期"自我"主观精神表达最为剧烈的一篇。"天狗"是古代人的想象。发生日食、月食的时候，古代中国人相信是天狗把太阳或者月亮吃了，于是就敲锣打鼓，要把天狗吓跑。郭沫若这首诗歌引用了天狗食月的典故，好像是要让天狗自己来写一首诗歌。

诗歌一开篇，诗人就自称"天狗"，他可以吞月、吞日，吞一切星球，吞全宇宙。并且大叫"我便是我了"，表达出个性获得极大张扬后所带来的自豪感。紧接着有这样的诗句："我是全宇宙的 Energy 的总量！""我飞奔，我狂叫，我燃烧。"诗歌语言释放出的情感力量像猛烈的飓风、奔腾的激流，给那个时代的读者造成强烈的冲击，发出了五四运动时期青年人令人振奋的呐喊，展示那个时代青年人个性解放的内心渴望。

对于今天处于平淡生活的读者来说，可能已经很难读出一百多年前的号角声，感受到让人惊心动魄的诗歌脉动，不过诗人狂放的想象力依然可以通过文字给我们冲击。"我"可以吞噬一切，可以把"我"也吞了，"我"竟然可以在神经脊髓、脑筋上飞跑——这些奇异的想象力放在今天依然会给读者以震撼，值得我们重回到当时去体验这首诗歌的魅力。

诗人要表达的是一种被压抑了很久的个性突然爆发之后的快乐、欣喜，一种好像歇斯底里的狂欢。"我"可以毁掉旧的一切，可以把过去的一切都吞掉，把陈旧的传统都抛弃，在奔跑之中，"我"迎来一个新的时代，一个属于叛逆者的、属于年轻人的自由的时代。这个时代就是现代社会，诗人就是用这样的诗歌表达了中国人进入现代社会的欢乐、欣喜。

二、新诗的初步建设

稍晚于郭沫若出现的，是闻一多、徐志摩、朱湘等新月派人。他们同样受到西方浪漫主义的影响，推崇诗歌的抒情性和想象力。不过，跟注重诗歌情绪的自由度和真实性的郭沫若不一样，闻一多等人更重视通过技巧和人为的控制来实现的诗歌的美。这种美首先是诗歌情绪自身的美。闻一多等人认为，我们平常生活里感受到的喜怒哀乐只是诗歌写作的原材料，诗人通过回忆、想象等心理活动去重新体验这些情感经历，从而在心里呼唤出更为深厚、纯净的感情，这便是诗歌所抒发的美的感情。其次，美的感情需要用恰当的、美的诗歌语言形式来表现。闻一多把诗歌语言的美概括为三种：第一，音乐的美。在语音层面，经过诗人的巧妙组织，现代汉语的声韵调以及音长等因素可以产生类似于乐曲般的音响效果，起到强调、渲染、暗示诗歌情绪的作用。就新诗来说，闻一多认为节奏是最重要的语音问题。在一段诗里，诗行之间的节奏应该整齐或者有规律地变化。第二，绘画的美。选择合适的词汇，让读者在脑海中想象出具体可感的画面或者形象，也就是"意象"，从而使读者体会诗人所要表达的感情，这是汉语诗歌最主要的抒情传统。新月派诗人把这个传统和西方浪漫主义乃至现代主义诗歌的影响结合起来，为20世纪30年代现代派诗人打通古典与现代做出了尝试和示范。第三，建筑的美。建筑的美是和音乐的美联系在一起的。汉字是表意的方块汉字，有一字一音的特点，这就使得节奏数相同的诗句，字数往往相等，诗句的长度自然也一致。这样，节奏整齐或者有规律地变化的诗篇，在诗行排列的视觉效果上，就是整齐或者错落有致的。前者如闻一多的《死水》，后者有朱湘的《采莲曲》作为代表。

闻一多的诗作大多收录在《红烛》《死水》两部诗集里。爱国主义是他的诗歌的基本主题，诗篇《死水》是最著名的一篇，在形式上也最符合新月派的诗歌理论。闻一多是一位伟大的爱国诗人，但在写作《死水》的时候，他对当时腐败、黑暗的社会现实却充满了失望和憎厌。爱之愈深，恨之愈切，他抑制住内心强烈的愤怒，用嘲讽的语调平静地勾绘出一幅幅艳丽而古怪的图景，既有效抒发了复杂的情绪，又成功避免了这些丑恶图像对读者的冒犯。这首诗一共五段，每段四行，每行九个字，行与行、段与段排列得非常整齐。之所以形成这种建筑般的整齐的美，是因为每行诗句的节奏数是一致的，都是由三个双音节和一个三音节组成的。由于三音节在每行诗里的位置并不固定，就在整齐的节奏里造成了生动的变化。上述因素和脚韵共同作用，就使得了这首诗极具典范意义的音乐的美。

朱湘的《采莲曲》则以另一种方式实践着新月派的理论主张。这首诗一共五段，每一段的格式都是一样的。我们来看第一段：

采莲曲（节选）

小船啊轻飘，
杨柳呀风里颠摇；
荷叶呀翠盖，
荷花呀人样娇娆。
日落，
微波，
金丝闪动过小河。
左行，
右撑，
莲舟上扬起歌声。

《采莲曲》每段的十行诗，都可以分成前四行和后六行两个部分，每一部分是一种节奏类型。前四行里边，一二行与三四行句式相同，是一种节奏；后六行里边，五六七行与八九十行句式相同，是另一种节奏。表面上看，每一段里诗行排列是凌乱的，但把整首诗的五段连成一个整体看，无论是节奏还是段式，都是非常整齐的。这就是另一种的变化的整齐。在中国古代诗歌里，从乐府诗歌和南朝民歌开始，就有着咏叹江南采莲少女的美好传统。朱湘的《采莲曲》可以说是这个传统的现代继承，但也是它的天鹅绝唱了。

新月诗派里影响最大的诗人是徐志摩。徐志摩受到闻一多理论的影响，诗作基本遵循一定的形式规律。不过，和闻一多、朱湘比起来，他的诗歌更富有变化，更为灵动和自由。这其实也是新月诗派所指出的新诗和旧诗在格律形式上的不同：古典诗歌只有固定的若干种格律形式，不同内容、不同作者的诗歌在格律形式上是一样的。新诗却可以是每一首诗都有自己的形式规律。只不过，新月诗派以及他们的追随者在具体实践时很容易走向过于追求整齐、严谨的极端。在这一点上，徐志摩灵动、多变的诗风起到了很好的纠偏作用。譬如他最脍炙人口的《再别康桥》，全诗七段，每段四行，每行两到三个停顿，最多四个停顿，停顿的次数依据诗句所包蕴的情绪强弱有所变化，相对一致，又不乏变化。诗的第一段和最后一段，重复中有变化，既造成回环往复的音韵效果，又借助"轻轻"与"悄悄"、"招手"与"挥一挥衣袖"的变化，暗示贯穿全篇的诗人情感与心理变化的脉络。这种情感变化在诗人清新飘逸的想象和精妙的意象营造中有充分而且精彩的展示，从而成就了这首新诗史上传颂最为广泛的名篇佳作。

三、现代人的苦闷与多思

20世纪20年代郭沫若和新月派的浪漫主义吟唱里，已经加入了现代主义唯美、颓废的音调。

1925 年李金发诗集《微雨》的出版被认为是中国的象征主义诗歌出现的最早标志，也代表着现代主义文学在现代汉语文学中的正式出现。李金发、穆木天、王独清等人受到法国象征主义的影响，有意识地要去表现人的深层体验和潜在意识领域，并运用象征、暗示、通感、隐喻、联想等多种手法来做出迂回曲折的渲染和曲指。这种尝试和努力在 20 世纪 30 年代以戴望舒为首的现代派诗人群手里得到拓展和深化。在诗歌的内容或主题上，这种变化主要包括两个方面：诗歌经验的都市化和向个体情绪深沉幽微处泅潜。

现代派诗人群主要指集中在文学杂志《现代》（1932 年 5 月—1935 年 5 月）发表作品的一群诗人，主要有戴望舒、卞之琳、何其芳、废名、施蛰存等。在《现代》第 4 卷第 1 期《又关于本刊中的诗》里，施蛰存解释说"《现代》中的诗是诗，而且是纯然的现代诗。它们是现代人在现代生活中所感受的现代的情绪，用现代的词藻排列成的现代的诗形"。"现代生活"一方面指的是现代中国的工业化和都市化（尤其是上海一带）所带来的人们生存方式的改变。诗人们体验着现代都市陌生而强烈的刺激，感受着个体存在的孤独、脆弱、虚无。另一方面，一批有着现代教育背景和清醒的自我意识的年轻知识分子，在风云变化的大时代当中无所适从，经历着理想的幻灭，深切感到自我的渺小、无力，于是退返内心世界。

从这样的"现代生活"里产生的"现代情绪"往往是内敛而复杂、细腻的，它可能是感性的，沉迷于自我情绪的微妙变化，像戴望舒、何其芳的吟唱；可能是直觉的，捕捉着都市的光色、印象，例如施蛰存、徐迟的作品；也可能是喜思的，擅长在日常生活中发现诗趣，提炼出平淡生活里蕴含的悲喜剧，最典型的是卞之琳、废名等的智性写作。

现代派诗人大多主张诗的自由化和散文化，而在意象化的抒情（"现代的词藻"）方面，他们融合了中国古典诗歌的意象传统和法国象征主义、美国意象派、以 T·S·艾略特为代表的英美现代主义诗歌的影响，并在此基础上创造出现代汉语的美。首先，现代派诗人运用隐喻、象征等手法对情绪、直觉与冥思做出意象化的表达。这种意象可以是对某种抽象情绪的动态变化过程的繁复细密的表现，可以是对情调整体的多侧面的暗示渲染，也可以是去捕捉刹那间的直觉。其次，是意象间的奇特的观念联络。在探寻个体深层次的内心世界时，诗人遵守的是情绪的、直觉的逻辑，用日常逻辑和科学思维很难理解，诗也就具有了新奇、陌生化的美感。最后，在主体心境、个人化写作方式、意象化抒情等多个方面，现代派诗人都很认同李商隐、温庭筠等晚唐五代诗人，诗有着一份晚唐的美丽。诗情与主体心境的相似，拉近了现代派和古典传统的距离，他们直接或间接地化用晚唐意象，作品中也时常回响着传统诗词的题材和意境。

戴望舒的《雨巷》就是如此。在这首诗歌中，戴望舒借用五代词"丁香空结雨中愁"来写一种愁怨的情绪。《雨巷》一诗的开头就写"撑着油纸伞，独自／彷徨在悠长、悠长／又寂寥的雨巷，／我希望逢着／一个丁香一样地／结着愁怨的姑娘。"这是一个场景化的描写，"我"在雨巷中撑着雨伞，希望遇到一位"结着愁怨的姑娘"。诗歌之后的几节就开始描写那位姑娘的外貌与神态，并"静默地走近"自己，然后又"静默地"远走了，于是诗歌结尾"我"依然重复诗歌开头的一段，希望自己能遇到一位"结着愁怨的姑娘"。

这首诗歌真的是在写一个美丽的相遇的故事吗？肯定不是。虽然诗人写得非常生动，但他的用意是一种象征，就是用这位美丽的、"结着愁怨的姑娘"来象征一种情绪。诗歌如同梦境一般，含蓄地暗示诗人自己的感伤、愁怨的情绪，这种美丽的哀愁借用了中国古代诗歌的外衣，表现一种朦胧而又幽深的美感。不过，诗人的哀愁与古代又不太一样，在现代的生活环境中，诗人所体会的情感已经超过了古诗中男女爱情的范围，开始走向一种抽象的孤独无助感，这正是现代人的感情。

善于把抽象情感和古代诗歌情感结合在一起的还有卞之琳，其中又以其《断章》为代表：

断　章

你站在桥上看风景，
看风景的人在楼上看你。

明月装饰了你的窗子，
你装饰了别人的梦。

这首《断章》只有短短的四句，没有华丽的辞藻，没有故作深沉的书面语，语句简单。这首诗读者似乎一下子就能读懂，但是仔细琢磨，似乎还有些难以言传的内容需要把握。

诗歌第一节的关键词语是"看风景"，诗歌中对风景似乎什么也没有明说，但是熟悉中国古代文学的读者一下就会想到古诗词中的名句"小桥流水人家"。卞之琳把这个背景隐藏了起来，站在桥上的"你"看到了什么没有说，或者是流水、河边的小楼；而楼上的人也在看"你"和桥、流水组成的风景。这样两个人是男是女、是老是少，他们之间是什么关系，诗人都没有告诉读者，只是把描绘的画面放在彼此之间戏剧性的关系上。

诗歌第二节的关键词语是"装饰"。"明月装饰了你的窗子"一句写的是晚上的画面，诗句中的"你"已经换了身份，是在楼上的或者倚窗而立看月亮的人；"你""窗子""明月"却共同进入了"别人"的梦中。对于读者来说，这个画面好像是写：美丽的夜晚，明月当空，一位美丽的女孩子在小楼上，打开窗户，看着天空的明月。这个场景被一位男孩子看到，当回到家中，他久久不能入睡，并且在梦中见到这个美丽的画面。不过，诗歌中并没有这样写，没有明白地写出这是一个男女的爱情故事，读者的这个想象来自中国古代诗歌中的意象。

那么，诗人写这样的诗歌究竟要表达什么情感呢？卞之琳在后来解释这首诗歌创作意图的时候曾经说过，他的意思"重在相对上"，想要表达"世间人物、事物的息息相关，相互依存、相互作用"，"人（你）可以看风景，也可能自觉、不自觉地点缀了风景；人（你）可以见明月装饰了自己的窗子，也可能自觉、不自觉地成了别人梦境的装饰。"从这些说法，我们可以看出，以卞之琳诗作为代表的现代诗歌的情感注重一些具有普遍意义的人的感觉或者情感，并且把它们用非常具体的日常情景表达出来，这是现代人情感的一种表达手法。

四、现实与现代的交融

人有其个体性和社会性，诗歌也有它追求美的、表达个人情感和服务于社会、群体的两面。新诗从诞生开始，就一直有意识地关注和思考社会现实问题，积极发挥诗歌的社会功能。

怎样才能将个体情感与时代主题融合起来，让美的创造和诗的社会功能发挥得到统一，这始终是摆在诗人们面前的重大问题。一般认为，20 世纪 40 年代是新诗走向成熟的一个阶段，主要标志就是个体化的现代主义抒情艺术与诗歌的现实精神、人文关怀开始统一起来。

艾青是由画家成为诗人的。20 世纪 30 年代，在他的早期诗歌中明显有着法国印象画派和超现实主义诗歌的痕迹，画面感和光线的透视感强烈，注重内心梦境与潜意识的刻绘。1933 年《大堰河，我的保姆》的发表是艾青将自我的抒情与民族、土地融合的开始。这是一首献给自己乳母大堰河的诗歌，这位中国乡村的农妇生来没有自己的名字，嫁人后又承受着夫权的压迫，为了生存她舍弃了自己的孩子，用乳汁来喂养"我"——地主的儿子，却又毫无怨恨地把博大的母爱无私地给予这个乳儿。大堰河是中国底层农妇的典型，当艾青写到要把这首诗"呈给大地上一切的，/我的大堰河般的保姆和她们的儿子，/呈给爱我如爱她自己的儿子般的大堰河"时，他的写作已经超越个人情感世界的藩篱，充盈着更为深广、博大的普遍性的情感。之后，艾青陆续发表《雪落在中国的土地上》《北方》《乞丐》《手推车》等名作，奠定了他在诗坛的领军地位。文学史家们认为，艾青对个体生命和时代生活、民族命运都有着强烈而深切的体认，努力把时代生活个体化，将个体存在时代化，追求时代精神、民族传统和个体生命的融合。这是他之所以在新诗人中最具世界性影响的关键所在。

在新诗的现代主义阵营内部，在现代诗发展的过程中，更新锐的诗人也觉悟到原来的创作方法的局限性，开始主张诗人要从自己内心的真实情感来表达我们现代人都会遇到的一种普遍的感情。诗人们开始借鉴欧美诗歌的后期象征主义、象征主义等流派，希望能结合 20 世纪 40 年代的中国现实，进而创作出一些有思想深度的诗歌。

这种创作方法就是把思想的探索与诗人的情感结合起来，在诗歌中的诗人不再是为自己的痛苦、失恋等具体的事情而抒情，开始代表全部人类、整个世界来思考和抒情。也就是说，诗人应该做的是"以血肉的感情抒说思想的探索"（唐湜），就是把自己的感情和思想的深度结合起来。诗人往往借用一个具体的形象或者戏剧化的场景来表达一种人类的困境和难题，引起读者的共鸣和反思。这样的诗歌创作方法就构成了 20 世纪 40 年代诗人的创作基础。冯至和穆旦的创作就是其中的代表。

冯至写于 20 世纪 20 年代早期的诗歌注重抒情，偏向浪漫主义，以至于鲁迅曾经称赞他为这一时期"中国最为杰出的抒情诗人"。不过他后来留学德国，接触了当时欧洲的存在主义思潮，思想和写作从此深受影响。存在主义作为一种当时的哲学和思想流派，对人的存在状态非常关心，强调对人生意义的思考。

冯至回国之后，在 20 世纪 40 年代写下的他的诗歌代表作《十四行集》（共 27 首），就是存在主义思想情感的集中表现。在第一首诗歌中，诗人一开始就写"我们准备着深深地领受／那些意想不到的奇迹"，然而，什么是意想不到的奇迹呢？诗人在接下来的诗句，说奇迹发生的时刻也是"彗星的出现，狂风乍起"的时候。这两种事物是平常中我们很难见到，是非常时期才有的，那么这种奇迹对于人生有什么意义呢？诗人又在第二节写道，在奇迹的时候，"生命在这一瞬间"会"凝结成屹然不动的形体"，过去的悲欢都将结束。原来诗人说的"奇迹"指的是人的死亡。诗人在之后的诗节中赞颂那些美丽的小昆虫，那些幼小的生命在经历一次交媾或是抵御一次危险之后"便结束它们美妙的一生"。意思是小昆虫生命虽然短暂，但是它们知道自己的生命的意义，并没有一丝的浪费。从小昆虫的生活来看人的生命，诗歌的主题就显得深刻起来——人生的意义在于生命的短暂，人生的意义就在于每个人都明白自己生命的目的。

冯至在诗歌中写的这种思想就是存在主义理论的出发点——"向死而生"，意思是知道生命必然有一个死亡，那么人才能认真对待每一天。因此，在《十四行集》的剩余 26 首诗歌中，诗人开始利用具体的形象和比喻来对生命中遇到的形形色色的意义进行思考，诗歌整体来说沉静而又发人深省。

冯至这样的诗歌抒情是从理论出发，但是又从诗人自己的人生体验角度来书写，更加真实可感。穆旦诗歌的抒情也是从个人的人生体验进入，来写人生的普遍情感。穆旦诗歌中有一组写爱情的诗《诗八首》，非常具有代表性。这组诗歌共八首，每首诗歌共两节，每节由四句构成。

第一首诗歌写爱情产生的原因以及两个青年男女之间的初恋感觉。诗歌写爱情是一种男女"成熟的年代"发生的"火灾"，象征爱情是男女进入青春期之后的互相爱恋。

　　第二首诗歌写两个人在爱恋之中的成长和互相折磨，在爱的发展中，"你我"的理性与情感在起着冲突，这丰富着两个人的爱情，爱走向热烈的"丰富而且危险"的境地。到此，初恋完结。

　　第三首诗歌写热恋中双方的幸福，双方的爱恋带来"惊喜"，亲近与拥抱带来生命的感触，这样爱情进入一种年轻人的热烈和"疯狂"之中。

　　爱情不可能永远处于热恋，因此在第四首诗歌中，诗人描绘了两个人进入真正的热恋以后，"沉迷"在爱情的世界中，不过在这宁静的爱的氛围下，爱情却出现了一种"混乱"的"自由和美丽"，这就是爱情所产生的复杂的情感表现。

　　第五首诗歌开始进入爱情的升华阶段，诗人开始思考爱情的永恒问题，诗人想要从时间和万物中寻找一种"永存"的爱情，希望学到"爱你的方法"。那这种方法是什么呢？

　　第六首诗歌诗人开始写入抽象的哲理思考。诗人提出爱情是两个人追求"相同"与追求"差别"之间的一条"危险的窄路"，这里比喻两个人在爱情中相处及互相吸引的原则，这为诗歌反思爱情如何永恒提供了一个思路。

　　第七首诗歌诗人进一步提出，爱情要能够永恒，就要把单独的两个生命融为一体，爱给生命带来的幸福与宁静。只有两个人互相依存，又互相地"平行着生长"，才能真正进入爱的境界，达到一种互相依存但是互相独立地发展的境界。

　　第八首诗歌诗人更进一步思考，如果两个人的生命结束了怎么办呢，爱情就结束了吗？诗人当然不这么认为，诗人认为人的爱情就好像两棵大树的树叶，这两片树叶互相接近，在阳光下呼应。当生命终结，树叶落下，但是两棵大树的根依然在地下结合在一起。这里是说人类的生命和爱情都是大自然的赐予，虽然人的生命和爱情有限，但是大自然的生命却是"巨树永青"，最终人的爱情又将回到大自然里面去。因此，人类的爱情在大自然的怀中获得永恒。

穆旦的《诗八首》总体读起来比较晦涩难懂，但是也的确反映了现代诗人想要表达的一种对人生哲理的反思，这是现代中国抒情诗歌在思想上一次比较有深度的诗歌创作实验。

五、时代新声

进入20世纪40年代，经历了十四年抗日战争和三年国内战争，文学和国家前途命运的关系越来越密切。在民族救亡和战争的极端情境中，诗人们开始有意识地放弃个人情感的抒发，而从大众的、人民的情感出发，更具体的就是从"为工农兵服务"的立场出发，诗歌在抒情表达方面更多地考虑集体、社会、国家的立场。在1949年中华人民共和国成立，进入社会主义建设时期之后，这种写作的倾向更加明显。这一时期的诗歌以战歌和颂歌为主，以歌颂和赞美战争胜利和建设成就为主，诗人对人生命运的思考被对红色时代的成就的赞美所替代。

爱情是诗歌抒情的永恒话题，大陆诗人却换了一种全新的表达方式，个人的爱情与集体生活、国家建设、革命事业等紧密联系在一起。这种写作方式在闻捷的诗歌里表达得非常充分。闻捷的诗歌内容多写新疆地区的少数民族生活的点点滴滴，而且善于捕捉、描写青年男女恋爱中的微妙心理，形成"劳动＋爱情"的抒情模式。最为典型也影响最广泛的是《苹果树下》。

《苹果树下》采用叙事抒情的技巧，主人公是哈萨克族的一对青年人，描述了他们在一年的共同劳动中结成美好爱情的故事。诗歌开头的小节选取了一个饶有兴趣的片段：一个小伙子在苹果树下唱起了动人的情歌，等待他心爱的姑娘"沿着水渠走来"，歌声使得姑娘的心"跳得失去节拍"。接着的三个小节，追述了小伙子和姑娘相爱的过程。春天的时候，他们一起在一个苹果园里劳作，播下了爱情的种子；而经过夏天的精心培育，到了秋天，爱情和苹果同时成熟。而最后的一个小节承接开头的细节：在歌声中"姑娘踏着草坪过来了"，笑容满面地来到小伙子身边，希望小伙子说出"那句真心的话"，因为"种下的爱情已该收获"。

这首诗在当时传颂很广，具有鲜明的时代精神。首先，诗人巧妙地将苹果从春到秋的逐渐成熟和爱情的孕育、发展、成熟互相衬托，起到了借景抒情的艺术效果；其次，诗人把男女主人公在爱情中的心理刻画得非常细致，将春天、夏天男孩子对爱情的急迫，以及秋天女孩子对爱情的渴望都刻画得细致入微。

爱情并不是这首诗留给读者唯一的启示，还有另外一个主题值得注意——劳动。姑娘最后接受爱情，或者说爱情成熟，这一结果是两人在一年的辛勤劳动中得到的。这正是国家建设时期人们的心态，建设国家和收获个人幸福被等同起来，所以这首诗符合当时的时代氛围。不过，诗歌原本应该是个性鲜明、丰富多彩的，如果一味强调时代与政治的共性要求，很容易限制诗人的抒情表意，诗人也很难写出更多个人的、丰富的或者复杂的感情。

六、朦胧的抒情

当代大陆诗歌的繁荣是从 20 世纪七八十年代之交开始的。

随着"文化大革命"的结束和改革开放的实行，中国社会回归到正常的、建设的轨道上来，文学艺术也恢复生机，诗人们得以重新正视内心情感并探索多样化表达的途径。不同于郭沫若那种激情的表达，或者冯至、穆旦等人的反思，他们所做的是把自己在社会中的曲折经历和体验表达出来，使用的多是比喻和象征手法，就是用生活中具体的意象来象征人生的某些情感。

从诗歌手法上来看，他们打破了过去 30 年大陆诗歌反映现实生活的写作手法，以"叛逆"的精神，丰富了当时的现实主义创作原则，为诗歌创作注入了新的生命力，同时也给 20 世纪 80 年代之后的诗歌带来了意义深远的变革。这些诗人，以舒婷、北岛、顾城等为代表，形成了一种诗歌创作潮流。他们的诗，把诗人自己的内在精神世界作为主要表现对象，多用意象象征来表现情思，使得诗歌语言比较生涩，诗境也较为模糊朦胧，诗意隐约含蓄，主题多解多义。当时一些批评者认为这些诗歌读不懂，是朦胧的，因此这些诗歌就被人称为"朦胧诗"了。

从内容上看，朦胧诗是从个人的情感出发，从个人的立场出发，肯定人的自我价值和尊严，注重创作者内心情感的抒发；从形式上看，诗人大量运用了隐喻、暗示、通感等手法，丰富了诗的内涵，增强了诗歌的想象空间。

从顾城的诗歌《远和近》可以看出朦胧诗的特色。诗歌很短，只有两节，各三行：

远和近

你
一会儿看我
一会儿看云

我觉得
你看我时很远
你看云时很近

这首诗和卞之琳的《断章》有异曲同工之妙，但是顾城这首诗歌中写的人物更为明确，就是两个人——"你"和"我"，而且彼此之间的关系更加亲近，很多评论者都认为这首诗描述的是爱人之间的关系。

这首诗歌写了彼此之间的相对关系，以及彼此之间关于远和近的思考，而中间又加上了一种爱人之间的感情。诗歌的意思，仿佛告诉读者，爱人近在身边却又好像远在天边，天上的云似乎更让爱人喜欢。爱人可近，却不可能真正地接近，云被隔离在远方，却似乎在对方的心旁。这种意象的用法正是朦胧诗的特点。

舒婷的《致橡树》是另外一首写作特点更加明确的朦胧诗。舒婷的诗歌不复杂，也不算难懂，依然保留了朦胧诗使用意象象征的写作手法。

《致橡树》是一首表达爱情观念的女性诗歌。诗人把橡树作为男性的象征，把木棉作为女性的象征。诗歌一开始就否定了传统的世俗的爱情："攀援的凌霄花"象征极力攀附的爱情，"痴情的鸟儿"象征只知依附的爱情，之后的"泉源""险峰""日光""春雨"象征着一味奉献的爱情。诗人认为爱情不是一方的攀附，也不是单方的痴恋，即使由衷地奉献，也是不够的。

那么诗人的爱情是什么呢？是橡树和木棉的爱情，木棉亭亭玉立，和橡树共同在一起。彼此之间是独立和平等的，也是相亲相爱和心心相印的，"我们分担寒潮、风雷、霹雳；/我们共享雾霭、流岚、虹霓。/仿佛永远分离，/却又终身相依"。这样互相分享幸福、承担责任的爱情才是诗人追求的一种伟大的爱情。

这首诗以具体的形象直接表达：橡树和木棉分别象征男性的阳刚和女性的阴柔，这正是朦胧诗用意象表达的技巧。橡树的铜枝铁干，木棉的红硕花朵，正是阳刚和阴柔的具体形象。这首意象化了的诗，意象丰富但不复杂，情感浓烈而真挚，是新时代女性追求爱情独立自主的一个宣言。

第五讲

小说文体概说

一、现代小说文体的发生

中国古代文学中就有小说这种文体。以"四大名著"（《三国演义》《西游记》《水浒传》《红楼梦》）为代表的明清小说是古代文学中的典范之作。

到了 19 世纪末 20 世纪初，传统的古代小说仍然有较多的成就，比如晚清的"四大谴责小说"（《官场现形记》《二十年目睹之怪现状》《老残游记》《孽海花》），以及清末民初"鸳鸯蝴蝶派"的通俗小说创作。这些小说采用旧白话，大多使用了传统的小说叙事技巧和模式，比如章回体的叙事结构等，依然有较多的读者和接受群体。

当然，伴随着晚清政治上实行维新变法，小说作为一种通俗易懂的传播手段，成为维新者心中最好的宣传变法的工具。因此，梁启超等人提出了"小说革命"，希望革新小说的写作内容，鼓吹维新变化。这一时期，侦探小说、科幻小说、政治小说等都成为最时髦的创作，也借鉴了一些欧美的小说写作技巧。

不过，现代汉语小说还是伴随着新文学出现的。在 1918 年之后，鲁迅等大量的新文学小说家才真正创作了用现代汉语写成的小说。

从中国现代小说文体的起源来说，它和国外小说的关系以及和中国古代小说的关系是值得我们注意的。

首先，国外小说的影响直接催生了中国现代小说。鲁迅发表第一篇白话小说《狂人日记》是在 1918 年 5 月 15 日。在此之前，鲁迅在 1909 年日本留学期间就与周作人合作翻译了外国的短篇小说集《域外小说集》。鲁迅曾经说过自己能够创作出小说来，其中一个重要的原因是"大约所仰仗的全在先前看过的百来篇外国作品和一点医学上的知识"，外国作家的作品成为鲁迅借鉴的重要对象。

确实，翻译和阅读外国小说，成为当时很多新文学小说家的主要创作来源。外国小说的写作技巧以及叙事模式深深影响了中国现代小说，一种区别于传统小说的叙事模式开始成为小说家写作的主流。

其次，中国现代小说在对中国古代小说的批判中获得新的定位。虽然胡适认为古代的白话小说"足与世界'第一流'文学比较而无愧色"，但是中国古代小说在最开始的新文化运动中是被批判的。从内容上，周作人说很多古代小说是"非人的文学"，就是没有表现出人道主义思想；从形式上，古代小说的写作模式也过于单调，不能表现丰富的内容。尤其值得注意的是，新文学的参与者大张旗鼓地开展了对当时通俗小说"鸳鸯蝴蝶派""黑幕小说"的批判，最终使得新小说成为文学创作的主要代表。

总之，现代汉语小说的出现是时代的产物，它不仅语言使用了现代汉语，而且在形式和内容上借鉴了欧美小说的创作，并有意撇清了和中国古代小说的关系，成为一种全新的时代文学。

作为一种文体形式，小说根据篇幅长短一般分为短篇小说、中篇小说和长篇小说。小说在 20 世纪发展中还有一些非常具有特色的写作形式，比如跨文体的小说，以及小说的语言实验等。

二、短篇小说的成就

五四运动时期的新文学作家比较喜欢短篇小说的写法，但是他们又认为中国古代小说中缺少真正的短篇小说。胡适说短篇小说采用西方文学的含义，认为"短篇小说是用最经济的文学手段，描写事实中最精彩的一段，或一方面，而能使人充分满意的文章"。这种说法为短篇小说的新写法开辟了新的可能，使得现代文学中的短篇小说脱离了中国古代小说的为人物作传记的写作模式，也就是茅盾所说："短篇小说主要是抓住一个富有典型意义的生活片段，来说明一个问题或表现比它本身广阔得多也复杂得多的社会现象的。"

短篇小说的写作模式一出现，其就成为五四新文学的主要文体之一。鲁迅的《呐喊》《彷徨》等，郁达夫的《沉沦》等都是艺术成就较高的短篇小说集。受鲁迅小说的影响，在 20 世纪 20 年代左右，以彭家煌、鲁彦等为代表的乡土文学派的创作也多是以短篇小说的文体来写乡村生活片段的。

作为一种文体，短篇小说被很多都市作家所使用，比如 20 世纪 30 年代上海的"新感觉派"等，它也是用短篇来书写上海生活片段。20 世纪 80 年代的新时期以来，随着文学的发展，短篇小说也一直为作家所喜爱。

短篇小说篇幅不长，一般在一万字以内，内容多是写生活中的一个事件或者一个片段，但是往往能折射出时代的内涵，给读者很多启发。

铁凝的短篇小说《哦，香雪》便是如此。《哦，香雪》发表于 1982 年，是铁凝的代表作之一。小说以中国北方偏僻的小山村台儿沟为背景，时间是 20 世纪 80 年代初，中国改革开放之初。小山村台儿沟修通了火车，建立了一个小小的火车站，火车每天在此停留一分钟。山村的人们轰动了，在台儿沟停留一分钟的火车打破了山村往日的寂静。山村的女孩子们为了迎接这一分钟，每天傍晚匆匆吃饭，急急忙忙打扮一下，就结伴去车站看火车，这群女孩子中就有羞怯的香雪。慢慢地，女孩子们开始提着篮子在火车停站的时候去卖鸡蛋、核桃等土特产。山村的生活渐渐改变了。一次，香雪看到了一位乘客的铅笔盒，她想到了上学，所以上火车用特产和对方交换，但是这时火车却开了，把她带到了下一站。在经历车上的惶恐之后，她带着铅笔盒下车了，沿着铁轨走回了自己的村庄。

解读这篇小说，从内容上看，它写的是中国在改革开放初期的故事，经济发展，时代进步，火车开进了一个封闭的小山村，人们开始面向外面的世界。小说以一个女孩子香雪的经历，讲述了山村人们向往现代、向往世界的故事。

在阅读小说时值得注意的是，小说的情节高潮是香雪走上火车，然后被带到下一站，但是在故事的讲述中，多处写到了"铅笔盒"这一吸引主人公走上火车的物品。塑料的铅笔盒和主人公破旧的铅笔盒形成了对比,她想要拥有一个崭新的、现代的铅笔盒,而这个物品恰恰是她学习必备的一个工具。因此,小说隐含了一个情节主题,香雪去火车站卖东西挣钱是为了换来一个学习的用品,无意中坐上火车也和学习有关。换句话说,小说从内容上反映了这样一个主题:火车开通,为山村带来的,是新的学习机会。

另外,小说的叙述形式也符合短篇小说的结构。山村通火车引起村里人的新奇心理,女孩子们开始去车站卖东西,这些都是小说的铺垫,最后主要写的是"香雪"和"铅笔盒"的故事。《哦,香雪》反映了生活中的一个小故事,情节简单,却意味无穷,恰是短篇小说的经典之作。

三、长篇小说的成就

现当代文学中的长篇小说产生于 20 世纪 20 年代,但作为一种成熟文体是在三四十年代。茅盾、巴金、老舍等作家都创作了很多经典的长篇小说。其中茅盾的《子夜》、巴金的《家》、老舍的《骆驼祥子》都是他们的代表作。

一般来说,长篇小说篇幅较长,字数在十几万字以上,反映广阔的生活内容,展现社会的复杂面,情节比较丰富,塑造的人物形象也比较多。在三四十年代的文学创作中,长篇小说作为一种文体,值得注意的是"三部曲"式的创作与"长河小说"的创作。

所谓"三部曲"是指作家用三部相互关联的小说来形成一个整体。比较经典的"三部曲"是巴金创作的"激流三部曲"——《家》《春》《秋》。

而在这个三部曲中,最经典的小说就是《家》。小说的时间设定在 1920 年前后,地点是成都的高公馆,这是一个有五房儿孙的大家族居住的地方。高老太爷是这个大家庭的家长,五房中的长房有觉新、觉民、觉慧三兄弟,因为父母早亡,现在是大哥觉新当家。

小说首先围绕觉新的故事展开，他是长房长孙，按照传统将来是要继承家业的。他的性格具有两面性，受过新思想的熏陶却不敢顶撞长辈。他年轻时与表妹钱梅芬相爱，但接受了父母的安排另娶了瑞珏。婚后他过得很幸福，有了孩子，也爱自己美丽的妻子，但又忘不了钱梅芬。

紧接着小说又讲述了另外两个弟弟的故事。觉民与表妹琴相爱，但爷爷却为他定下亲事，觉民为此离家躲避；而觉慧是三兄弟中最叛逆的一个，他对家中的婢女鸣凤有朦胧的好感。高老太爷要将鸣凤嫁给自己的朋友——孔教会会长冯乐山做妾，鸣凤在绝望中投湖自尽，觉慧决心脱离家庭。

小说写到最后，高老太爷病重去世，将要生第二个孩子的瑞珏却被高老太爷的陈姨太以避血光之灾为由赶到郊外生产，觉新不敢反对，因照顾不周，瑞珏难产而死。觉新在悔恨的心情中认清这样的家庭是罪恶的，因此他选择支持觉慧离家去上海寻找新的生活。

《家》与之后的《春》《秋》这三部小说讲述了旧式大家庭逐渐崩溃，大家庭中的年轻人或突围、或沉沦、或毁灭的故事。"激流三部曲"展现了20世纪初期中国的大家庭的情况，具有长篇小说特有的深度。

在现代文学中，李劼人的"长河小说"也是值得注意的。《死水微澜》《暴风雨前》《大波》三部小说彼此应和，内容反映了19世纪末期到20世纪初期四川成都的社会生活和历史巨变。三部小说结合了中国近代史上的义和团运动、保路运动以及辛亥革命等事件，内容风云变幻。这类小说创作，往往不用生动细腻的人物塑造以及紧张曲折的情节冲突来吸引人，作家们的目的是用长篇小说这种形式来容纳更多社会面貌和历史线索。因此，"长河小说"行文多注重对社会历史脉络的描绘，以展现出历史深度。

20世纪80年代以来，长篇小说创作进入繁荣局面。以每三年一次的"茅盾文学奖"评奖结果来看，里面确实有很多值得注意的长篇小说。在这些小说中，从内容来看，既有表现当代世俗生活的小说，也有反映历史深度的小说；从故事讲述的地点来看，既有大城市的沧桑变迁故事，也有乡土民间的人事沉浮故事，还有少数民族文化变迁的故事。

路遥的《平凡的世界》关注 20 世纪 80 年代初期中国陕西乡村的生活，讲述了孙少安和孙少平两兄弟坚韧地生活的故事，小说中给人印象最深的是乡村青年人走出困境，寻找幸福生活的艰难历程和执着追求。

同样写陕西乡村的生活，陈忠实的《白鹿原》却讲述了 20 世纪前 50 年左右的白鹿原上的白家和鹿家的家族命运，小说写出了历史的深度。无论是白家的家长白嘉轩，还是两家的年轻后代白孝文、黑娃等都是性格鲜明的人物。而且，小说还把人物的命运放在中国近现代历史的转折和动荡之中，人物命运起起伏伏，扣人心弦。

莫言的小说同样把人物的命运放在中国近现代历史的变迁之中。从早期的"红高粱系列"小说开始，莫言就开始一种新的小说写作方式——人物的命运和中国历史的重大事件关系密切。比如《檀香刑》就以 1900 前后德国人在山东修建胶济铁路、袁世凯镇压山东义和团运动、八国联军攻陷北京、慈禧仓皇出逃为历史背景，讲述了发生在"高密东北乡"的一场兵荒马乱的运动，描述了当地人民反抗德国侵略者却受到刑罚的故事。莫言的其他小说也是如此，以《生死疲劳》为例，小说中使用了非常模糊荒诞的写法，以 1949 年后中国当代的重大历史事件为背景，用灵魂轮回作为引子，讲述"西门闹"不断转世为驴、牛、猪、狗和猴，最后又再度投胎成大头婴儿，体现了所谓的"六道轮回"。小说在行文中以动物的眼睛来看村庄中形形色色的人和事，从动物的视角来反思历史进程中人物命运的悲欢离合。

长篇小说的写作中，还有反映民族文化变迁的小说，以阿来的《尘埃落定》最具代表性。这部小说讲述的是 20 世纪前 50 年中，康巴藏族土司家族的历史变迁。小说描写当地一个声势显赫的康巴藏族土司，在酒后和汉族太太生了一个傻瓜儿子。

这个所有人都认定的傻子，却对时代变迁有着让人惊叹的先见之明，他逐渐成为家族的族长，并成为土司制度兴衰的见证人。《尘埃落定》的小说情节曲折动人，用"傻子"的口吻来讲述故事，为小说带上了神秘浪漫的民族风情。

这些小说都充分运用了长篇小说的文体，语言叙述更加成熟，反映了最近30年来中国思想界和文学界对人生、对时代的思考。

四、跨文体的小说成就：诗化小说、散文小说

小说作为一种文体，最初是和散文、诗歌有所区分的，它强调以故事情节为主线。现代小说以描述人物在事件中的性格变化为主要写作目标。

不过在小说写作的具体过程中，却有一些作家进行了跨界写作——他们创作的小说作品还带有诗歌、散文的特征。甚至某些时候，我们很难区分他们写作的是小说还是散文或者是诗歌。这种情况下，文学研究者就只好称之为跨文体的小说，或者叫作诗化小说和散文小说等。在中国现当代文学中，废名的诗化小说和萧红的散文小说都是具有代表性的。

与鲁迅的小说比起来，废名的小说也把笔触放在中国传统的乡村社会，不过，鲁迅小说主要描写了中国旧乡村的事情，以批判旧的"国民性"，带有浓厚的批判性，而且作品整体风格阴郁、深刻；废名的小说却不以书写落后的、破旧的"旧中国"形象为主。虽然同是一个中国，废名的小说却写了这个"旧中国"的另外一面——一个怀旧的、诗意的中国。当然，废名对佛教思想的向往，也使得小说的风格带有了"禅味"。

与这种内容倾向相配合的，就是废名在小说文体中加入了诗歌的写法。废名就曾经说过自己小说的表现手法"分明地受了中国诗词的影响"，"写小说同唐人写绝句一样"。唐诗中绝句只有四句话，诗人就把最重要的情景用短短的文字表现出来，

在 20 个字或 28 个字中表现一个情感主题。因此读者在欣赏唐诗绝句的时候会觉得诗句的意象非常突出，而且还会感到回味无穷的意境美。

不过小说不是诗歌，诗歌可以模糊，小说却要给读者讲一个完整的故事。废名是怎么处理的呢？

废名是在小说写作中使用了诗歌的手法，不是从头到尾、仔仔细细地讲述完整的故事情节，而是把这些故事情节中最突出的几个地方叙述出来。这种手法充满了语言上和情节上的跳跃、省略和空白，让人回味。而且废名的小说基本上没有悬念迭起的情节，没有出人意料的大结局，没有性格复杂的人物形象，有的是对乡村生活淡淡的、平实的描绘，小说中人物也是读者可以见到的非常自然的、朴实的人。可以说，废名的小说表现的多是乡间的老翁、妇人和小儿女的天真善良的灵魂，以及淳朴的风俗民情，有一种净化心灵的力量。而且，为了达到回味无穷的效果，废名的小说语言带有文言文的特点，语言凝练、浓缩，富有美感。

《竹林的故事》是废名的代表作之一，在写法上集中体现了诗化小说的特色。小说以"我"来叙述故事，很多年前"我"还在学堂读书时，和很多小伙伴一起结识了种菜、卖菜的老程一家，老程夫妇的女儿三姑娘年龄和我相仿。在"我"的叙述中，描述了老程和三姑娘打鱼的场景，接着描写了老程去世后母女二人相依为命的场景，又描写了三姑娘为撑起生活的重担而卖菜。在描写了最后一次三姑娘来卖菜之后，小说叙述突然进入尾声——很多年后，我再次回到乡间，在清明节遇到回家扫墓的三姑娘，然而物是人非，二人擦肩而过。小说最后写道："我急于要走过竹林看看，然而也暂时面对流水，让三姑娘低头过去。"

《竹林的故事》作为一篇小说，内容无非打鱼、吃饭、小小的争吵、卖菜等几件生活琐事，情节并没有给人过多的新奇感受，不过，废名把注意力放在以轻轻淡淡的笔调书写轻轻淡淡的情趣。老程去世的情节是小说中最大的事件，但是小说却淡然地写"绿团团的坡上，从此也不见老程的踪迹了"。接着三姑娘在冬去春来之后，生活在竹林之中，老程的坟墓就在其中，而春天来了，"青草铺平了一切"。人世间的生离死别被淡淡的几句话带过去了。

对于读者来说，这样的叙述充满难以言说的含义。父亲的去世是悲痛的，但是活着的三姑娘和她的母亲依然要面对艰难的生活，日复一日的生活就像我们很多人的一样，悲痛、伤心是暂时的，而平淡的生活却是要每天面对的。这样的意味就是"禅味"，一旦读者明白，就知道了生活的含义。

与废名的小说比起来，萧红的小说《呼兰河传》文体跨度更大，茅盾就曾评价它"不像是一部严格意义上的小说"，也认为它"是一篇叙事诗，一幅多彩的风土画，一串凄婉的歌谣"。由此可以看出这部作品对小说写作的突破。

《呼兰河传》是不是小说，读者在心里面一直是很难给它归类的。一方面，由于《呼兰河传》的很多内容都是写萧红小时候自己的经历，接近作者自传的描写，但作品又不是写作者的自传，因为没有完整的家庭介绍，也没有对作者小时候生活细致的介绍；另一方面，如果它是虚构的小说，但它又没有一个完整的故事情节，也没有一个从头到尾的人物形象，小说写的是一个个有关东北小城的生活和回忆片段，里面有"我"和祖父的故事、小团圆媳妇的故事、冯歪嘴的故事、有二伯的故事等等。所以，我们可以称之为一种跨类的小说写作，是用散文的描写笔法，写出了作者自己一些真实的生活经历，但是又加上了艺术虚构。

要读懂《呼兰河传》，必须要知道作家创作的背景。萧红的创作时间主要集中在 20 世纪 30 年代，作为一名受五四新文化运动影响的女性，她的爱情、婚姻以及人生道路非常坎坷。《呼兰河传》发表于 1940 年的香港《星岛日报》，短短一年多之后，她就在 1942 年 1 月因病去世了，年仅 31 岁。这部小说的内容是萧红回忆自己的童年、青少年时期在故乡呼兰城的事情，又发表于萧红去世前夕，所以内容上带有一定的总结人生或者追忆往事的痕迹。

小说除了有这种时间上连接作家自己的过去和现在的关系之外，还有一种特殊的地理关系：呼兰河和呼兰城在中国最北部省份黑龙江，萧红当时是在中国大陆最南边的城市香港写成这部小说的。作家在战争的阴云中躲避到香港，艰难地生活，她开始回忆自己的过去，回忆已经没有可能回去再看一眼的故乡中的人和事，内心的状态是读者一定要体会的。

《呼兰河传》的语言平和、淡泊，但从遣词造句来看，似乎并不优美，好像是中学生作文一样平淡；整篇来看，却带有萧红的风格，主要表现在对人和事的描写非常细致而从容。小说中对傍晚时分"火烧云"的描写，以及对祖父的后花园景色的描写都是经典的段落和篇章，看似写得自然随意，却又让人回味无穷，值得读者一读再读。

五、新时期小说文体语言的实验：《十八岁出门远行》

新时期是指 20 世纪 80 年代中国改革开放以来的新时代。这个时代以开放的心态去接受和学习其他国家的思想，在文学创作上，作家也去接受和学习其他国家的创作技巧和方法。

这一时期，外国尤其是欧美等国家的现代主义和后现代主义文学的创作观念开始被大规模地引进中国，影响中国作家的创作。在小说创作中，现代主义和后现代主义的创作突破了传统浪漫主义和现实主义小说创作的叙事技巧和方法，主张用一些新的方法和实验来更新小说的创作方法。这些方法和实验中，有些是主张意识流写法的，有些是主张表现主义的，有些则是有关叙述技巧的布局的，等等。

当代中国作家在 20 世纪 80 年代中后期，也开始有意识地进行这方面的创作，而且他们的创作的创新之处主要体现在小说形式上，读者认为其具有先锋意识，所以他们创作的小说也叫"先锋文学"。

小说文体实验的代表作家作品有很多。以马原的《虚构》为例，可以看出这些小说不同于传统小说的地方。马原的《虚构》开头就以一位叫"马原"的"我"来讲述故事，"我"告诉读者自己讲的这个故事是"杜撰"的。

接着小说讲述"我"来到中国西南的藏区一个麻风村——玛曲村。这是一个几乎与世隔绝的村庄，村庄的人因为得了传染病——麻风病而被迁居到这里。在小说的叙述中，"我"遇到了麻风村中的人，有"会说汉话的女人""小个子""哑巴"等，这些人几乎都因为麻风病而身体残疾，不过他们对自己的麻风病和随之而来的死亡"毫无感觉"。我在和村子里面的人的交往中，似乎慢慢忘记了自己的世界。最后"我"离开这个村子，回到现实中。当"我"问一位司机"今天是几号"时，他说是"五月四号青年节"，而据"我"自己的估算，"我"是在五月三号到达麻疯村的，并且已经在里面过了好几天了，然而出来之后，却还是五月四号。

这篇小说最关键的内容其实就是小说的题目"虚构"。传统的小说往往让读者觉得作家写的东西是真实的，而马原的小说运用小说文体实验的技巧，告诉读者小说中的内容是虚构的，是不真实的。在《虚构》中，"我"在麻风村几天的经历似乎是很真实的，但是在开头和结尾，马原却用"我"的角色告诉读者，这些所说的、所写的都是虚构的，都是假的。

这样的小说叙事方式，是中国当代小说的一种技巧的实验。与之相似的还有扎西达娃的《西藏，系在皮绳扣上的魂》、格非的《褐色鸟群》等。

除了在小说叙事技巧上的革新，在小说语言等方面还有一些作家写出了很具颠覆性的创作。余华的《十八岁出门远行》就是其中之一。

《十八岁出门远行》是一篇短篇小说。小说故事情节比较简单，主要是写十八岁的"我"的一次旅行，这是一次标志进入成人的旅行。在父亲的鼓励下，"我"走出家门，带着背包开始人生第一次独自远行。在路上"我"一开始带着友善，看到群山，就像对着自己的朋友。"我"遇到卡车司机，满以为"我"付出后必然有回报，他会让"我"搭顺风车，结果却要"我"要挟对方后才能如愿。在两人同行的时候，司机最初和我侃侃而谈，搭着"我"的肩膀，说着自己的情感经历，"我"因此把他当成好得不能再好的朋友。路上汽车坏了，路人开始哄抢车上拉的苹果，"我"因为正义感和对朋友的忠诚，挺身而出，用正义的行为去阻止抢东西的人，结果司机看了根本无动于衷。而且最后司机看见"我"被打，表情竟越来越高兴，最后司机还抢走了"我"的背包，与抢东西的人一起上了一辆拖拉机，消失在了远方的公路上。路上只剩下伤痕累累的"我"和伤痕累累的汽车。

从小说的情节来看，这是一篇带有卡夫卡式情节的小说。情节充满荒诞性，"我"在旅行中表达的善意以及从前获得的友爱的教育在现实的成人世界中毫无意义，当"我"试图用爱来帮助他人时候，获得的却是周围人的嘲笑和戏谑，最后只得到一个刻骨铭心的教训。从一定意义上，这篇小说也是一个寓言故事，它是每个人从青少年进入成人必须经历的一个考验——现实世界的残酷、冷漠是我们每个进入成年的人的第一个必须接受的礼物。传统小说中的那种温情脉脉的、好人必有好报的大团圆式结局在现代小说的情节中被完全抛弃了。

从《十八岁出门远行》的小说语言来看，余华的实验性更加突出。余华在20世纪80年代最为突出的语言实验就是对暴力的书写，一种非常客观的、带有隔离的书写。在这篇小说中对暴力的书写也是如此，比如小说中"我"被抢苹果的人打的描写：

这时有一只拳头朝我鼻子上狠狠地揍来了，我被打出几米远。爬起来用手一摸，鼻子软塌塌地不是贴着而是挂在脸上了，鲜血像是伤心的眼泪一样流。

鲜血和眼泪被放在一起做比喻，是一个超出一般读者想象的句子。在余华的描写中，仿佛带有几分戏弄、几分嘲笑地来写"我"受伤的情况。这种描写的手法使得小说中的暴力给人的冲击力更大。在余华的《现实一种》等小说中也多次使用了这种手法。

余华小说的语言还经常打破日常的语言秩序，也就是说，余华的小说语言是故意写得和我们日常说的话不一致的。比如《十八岁出门远行》一开始写柏油马路起伏不平，"马路像是贴在海浪上"，而写"我"十八岁长出胡须的样子，使用了"我下巴上那几根黄色的胡须迎风飘飘，那是第一批来这里定居的胡须"这样的句子。"贴"字写出了马路起伏的形态，而"迎风飘飘""定居"这样的字眼写出"我"的身体开始成熟的标志，显现出"我"内心的激动和骄傲，连"胡须"都这样招摇。这样的句子在余华的小说中比比皆是，也是吸引读者的地方。

余华之后的作品还有《在细雨中呼喊》《活着》《许三观卖血记》《兄弟》《第七天》等。他早期的作品是充满文学先锋意识的，有意地进行了文本形式的实验，作品风格奇异、怪诞；中后期的作品开始从先锋实验转向生活现实，关心现实生活中的人的苦难和坚韧的生命力，这在《活着》《许三观卖血记》等小说中都可以看到。

余华等人的小说文体实验在最近 20 年逐渐淡化了，这些作家开始写一些更为现实的作品。不过，早期的先锋小说的实验还是为中国当代小说打开了一扇创作的大门，它的影响依然存在。

第六讲

小说：乡土文学的现代叙事

现代汉语文学里的乡土小说，最早起源于 20 世纪 20 年代的鲁迅以及受他的影响而形成的乡土小说作家群。在《中国新文学大系》小说二集"序"里，鲁迅针对这些作家的小说有过一段评论："凡在北京用笔来写出他的胸臆来的人们，无论他自称为用主观或客观，其实往往是乡土文学，从北京这方面说，则是侨寓文学的作者。"

也就是说，现代意义上的乡土小说，是作家在远离自幼生长的习以为常的乡土世界之后，尤其是具有了新的现代思想、观念之后，用现代的眼光和意识重新认识自己过去的生命，再次审视农村、农民的生存。只有在这种情形下，才可能会出现新的有别于古典山水田园文学的现代乡土写作。这种写作，是用源于西方的现代文化来重新打量、认识，甚至是发现本土的乡土世界，赋予它新的意义；同时，也是在记录和表现被强行卷入现代化进程的农业中国，试图解释和克服她暴露出的问题，寻找和想象通向未来的路径。

经过一百余年的探索，现代乡土小说形成了偏重客观写实的现代叙事和充盈着主观抒情的诗化想象这两大类型。在写实的现代叙事这一类中，又大致可以归纳出三种模式：文化批判与再造的模式，社会写实与意识形态叙事的模式，以及建立在私人体验和民间记忆基础上的个体写作模式。

一、文化的批判与再造

20 世纪 20 年代初中期形成的乡土小说包括王鲁彦、台静农、许钦文、彭家煌、许杰、蹇先艾等青年作家的作品。他们在内地乡村或者小城镇长大，来到北京、上海等初步具有西式现代文明性质的城市里求学、生活，接受现代思想的洗礼。他们中的大多数都受到鲁迅的直接影响，并有意识地模仿鲁迅的小说进行创作，继承他国民性批判的思想和创作特点。

　　乡土小说的主要特点，首先是作家们用现代人的眼光和观念来重新审视自己故乡的人、物、事，对传统乡土世界的愚昧、落后进行批判和讽刺；其次，这种批判和讽刺是在文化的层面上进行的，关注的是民族文化、民间习俗、国民性格和日常精神世界的各种病象；再次，对于深陷苦难命运里却又麻木、愚昧的宗法制社会里的小说人物，乡土作家如鲁迅一样，既哀其不幸，又怒其不争，人道主义的同情、悲悯和现代理性的批判、讽刺交织在一起，显示出作家思想与情感的复杂；最后，乡土作家的写作题材基本来自自己关于故乡、童年的体验、记忆，因此，在远离故土的写作中，即使是在批判和讽刺当中，作家仍然抑制不住内心对故乡的眷恋，作品也总是或淡或浓地弥漫着以乡愁为核心的忧郁情调。

　　鲁迅是现代乡土小说的开创者，他的《阿 Q 正传》《风波》《故乡》和《社戏》分别为后来者开了文化批判与诗化抒情的先河。阿 Q 是生活在乡土中国最底层的破产农民，靠打短工来维持生存。他有着农民的质朴和狡黠，既奉守传统伦理道德和社会秩序，也自发地有所不满和抗争，但这往往只是一时的念头，或者会被有权势者打压下去。阿 Q 被认为是中国人的国民劣根性的集中体现，他最鲜明的性格特点是"精神胜利法"。他从来不敢正视自己的失败和真实的屈辱的生活境况，或者采用遗忘、忽略的方法，仿佛一切都未曾发生过；或者自欺欺人、自轻自贱，用各种说法来自我劝服，将现实中的失败转化为精神上的胜利。作为自我心理的主动调整，精神胜利法其实是有它的合理性的，也为人类群体所共有。但是，它的泛滥只会带来民族精神的萎靡、抗争与奋斗意志的消沉，乃至国与族的沉沦、灭亡。

　　国民性的批判也是王鲁彦小说的基本主题。短篇小说《柚子》记录了作者在长沙目睹的军阀行刑杀人的过程，关注的重点不是军阀的杀人如麻，而是那些围观的"看杀人"的群众：他们缺乏对他人生命的同情心，把"看杀人"当成自己无聊人生的消遣娱乐，甚至因为"今天只杀了一个"而觉得不满、遗憾，透露出内心的麻木、冷漠。对于围观者和杀人者来说，人头像柚子一样的"便宜"，人的生命都是不值钱的。这与鲁迅在小说《示众》里对"看客"的批判是一脉相承的。《菊英的出嫁》则是通过菊英的母亲为死去十年的女儿操办"冥婚"的故事，细致描写作者故乡浙江东部的地方习俗，在具体生动的风俗画中隐藏的却是对传统礼教、落后的民间习俗的批判。

这群作家里，思想、情调、创作风格最接近鲁迅的是台静农，其小说集《地之子》是乡土小说中不可多得的佳作。在他冷峻而深沉忧郁的笔下，中国的乡村城镇阴郁而黯淡，卑微而怯懦的人们苟活于其间，即使偶尔有反抗、抱怨的声音发出，人们依然要继续这样活下去。《新坟》里正忙着准备嫁女娶媳的寡妇四太太，突然遭到乱兵洗劫，一对儿女惨遭不幸。四太太疯了，家破人亡的她天天在街上游走，小镇里回荡着她凄厉的呼号。最后，在儿子的棺木旁，四太太放火自焚。台静农擅长以深挚的同情写出人间的凄凉悲哀，抒发自己内心的深沉幽愤，譬如《烛焰》中翠儿的未婚夫一病不起，男方的父母要求提前举行婚礼，用结婚来为病危的儿子"冲喜"。翠儿的父母不敢违背礼俗，硬生生将翠儿推向悲剧的命运。婚后数日，翠儿便沦为新寡，身着孝服哭送灵柩，也是在为自己的未来而痛哭。

20世纪三四十年代的新文学在继承文化启蒙与批判的五四文学传统的同时，也将目光更多地投射向更为广大、幽深的现实世界和历史空间。就乡土小说的写作而言，在文化批判方面表现突出的是吴组缃的《箓竹山房》和师陀的《果园城记》。

《箓竹山房》用第一人称讲述了一个凄婉的故事，在充满诗意的描写中批判了传统伦理道德对人性的戕害。年轻的时候，二姑姑与一位青年的恋情遭到父辈们的反对，他们私下来往，做出了"一时连丫头也要加以鄙夷"的"丑事"，为旧的伦理道德所不容。这时，青年意外身亡，二姑姑闻讯要以死相殉。于是，大家又觉得"这小姐尚有稍些可风之处"，也就同意二姑姑抱着灵牌与死去的青年成婚。就这样，二姑姑孤身守寡，在众人的称赞中度此一生。在小说的最后，叙述人"我"发现二姑姑夜间偷窥别的年轻夫妻的私生活，暗示出礼教对于人性之压抑的惨烈程度。

《箓竹山房》之后，随着中国社会矛盾的日趋尖锐和农村的不断衰落，吴组缃的小说转向对故乡农村的破败现实的关注，从社会经济角度对农村经济破产的原因进行分析，代表作有中篇小说《一千八百担》。

师陀原名王长简，20 世纪 30 年代曾用笔名"芦焚"出版短篇小说集《谷》《里门拾记》等，20 世纪 40 年代出版由十七篇短篇小说组成的代表作《果园城记》时，改用笔名"师陀"。师陀（芦焚）来自中原乡村，他虽然像沈从文一样自居为"乡下人"，但在《里门拾记》里自述"我不喜欢我的家乡，可是怀念那广大的原野"，这便更接近鲁迅的精神传统：一方面用现代知识分子的理性的眼光审视、批判落后的宗法制农村世界，另一方面又在情感上无法割舍与乡土中国的情感联系。在他的笔下，果园城是所有中国小城的代表，在这里，一切都"生活在昨天"，封闭自足，也停滞不前。但是，在现代文明的冲击下，小城不可遏止地暴露出它的丑陋、颓败和消亡。所以，讽刺和抒情成为他作品的两大特点。这种爱恨交织，混合着讽刺、感慨、悲悯和遗憾的情绪，反映了现代化进程中的乡土文学作家们对于宗法制家园的矛盾心态。

1985 年前后，韩少功、阿城、王安忆、李杭育等的"寻根小说"，将当代乡土小说从政治、现实的层面推向历史和文化的深层。虽然一些研究者认为寻根文学或者寻根小说的开端是 20 世纪 80 年代初汪曾祺发表的《受戒》，但它的自觉展开还是在西方现代主义文学，尤其是拉美魔幻现实主义的影响下付诸实践的。作家们认识到，民族性和世界性是不矛盾的，回归本民族的文化传统，回到乡村与自然当中，也是通向世界性和现代性的有效途径。他们所主张的寻找民族文化的"根"，其实是在现代意识指导下对民族文化的重建或再造。

李杭育的《最后一个渔佬儿》是他的"葛川江系列"里最有影响力的一篇。这一系列小说有着鲜明的吴越文化色彩，描写葛川江沿岸仍然保持着的传统人伦观念与社会风情，以及在现代文明冲击下传统生活方式面临的困境。《最后一个渔佬儿》

里的老渔民福奎，坚持在葛川江上用传统的滚钩方式捕鱼，而其他渔民早已经抵御不住现代物质生活的诱惑，弃船上岸，或者大力发展现代养殖业。相形之下，福奎穷困潦倒，是一个落伍者、失败者。但是，他和天地灵气一起，构成对现代文明的抵抗，在必然失败的命运中留存下来的却是古朴执着的传统品格，这也是"最后一个渔佬儿"的寓意所在。类似的还有郑万隆的《老棒子酒馆》和"异乡异闻"系列。

韩少功的魔幻现实主义小说《爸爸爸》是寻根文学的代表作。作品描述了一个蒙昧、落后的原始世界——鸡头寨。这里远离现代文明，人们缺乏自己独立的思想和价值观念，贫穷、野蛮、懦弱而无知。他们顺着习俗与礼仪的惯性轨道生活着，自觉屈从于宗族的权力和习惯。作品的主人公丙崽是一个只会嘟哝"爸爸爸"和"×妈妈"这两句话的白痴儿童，却受到全寨人的顶礼膜拜，视之为指点迷津的神灵。丙崽代表了传统文化非理性、愚昧、丑陋的一面，而在小说最后，一场大水灾过后，全寨人只有丙崽顽强地活了下来，这显然是象征着传统的强大生命力，尤其是那些文化的劣根性在今天的持续存在。

《爸爸爸》的文化批判意识集中体现在它对民族文化的非理性一面的象征性揭示。阿城的《棋王》却有着对传统文化的自觉认同。小说主人公王一生生长于城市赤贫家庭，到农村"插队"的时候只带着母亲用别人废弃的牙刷柄磨成的一副无字象棋。王一生从小迷恋下棋，在一位神秘的拾垃圾老头的启迪下，他将道家文化要义运用到棋艺里去，进而融合棋道与人格为一体，达到了"无为而无不为"的境界。除了棋，王一生还痴迷于吃，那种为了填饱肚子的吃。有饭吃和有棋下，是对人的物质性生存和精神生活的重视，除此之外，王一生似乎什么都不在乎，因此得了个"棋呆子"的绰号。《棋王》所塑造的王一生是一位老庄哲学式的现代畸人，他来自当代世俗，又通向民族久远而神秘的传统。

二、社会写实与意识形态叙事

在 20 世纪的二三十年代之交，社会思潮从五四运动时期的思想与文化革命转向现实层面的社会变革和政治革命。在这一变化中，一批主张或者倾向于政治革命的小说家将目光投向中国广大农村的现实情况，真实地反映出农村经济的凋敝和农民的苦难，以及农民在苦难中的觉醒、挣扎和斗争。他们自觉运用马克思主义唯物史观的社会科学理论，在客观写实的同时，努力深入和揭示社会政治经济的内在结构和矛盾。这一类型的写作被概括为"社会剖析派"小说，领军作家是茅盾，代表作家还有吴组缃、沙汀、艾芜等。社会剖析派的小说并不局限于农村题材，但它以科学的理性精神和具有浓郁地方色彩的艺术描写开创了新的乡土小说模式，为 20 世纪 40 年代乃至 50 年代之后的乡土小说创作提供了借鉴和启发。

茅盾的文学成就主要表现在长篇小说上，其代表作《子夜》试图通过上海民族资本家吴荪甫的失败命运，来揭示中国社会的半封建半殖民地性质，证明在这样的中国，要想发展独立的民族工业是根本不可能的。在这一理念的自觉指导下，《子夜》搭建了一个宏大的结构，从上海上流社会的豪华客厅与内室到城市贫民的低矮窝棚，从各类娱乐与交际场所到工厂车间，从都市到乡镇乃至田间地头，试图全景式地、雄辩地对 20 世纪 30 年代中国社会的经济结构和阶级关系做出剖析。不过，在具体写作时，作者大幅度压缩了乡村社会在其中所占的比重，这一调整在稍后的系列短篇小说"农村三部曲"（《春蚕》《秋收》《残冬》）以及《林家铺子》里得到了补足。

"农村三部曲"讲述的是浙江农村在现代工业和外国产品的冲击下痛苦挣扎但最终破产的过程。《春蚕》里的老通宝勤劳朴实，一辈子辛苦劳作，希望能过上好一点儿的生活。但是，他越努力，家里的情况反而越糟。老通宝的直觉告诉他，这一切都是"洋货"造成的。所以，凡是外国的东西他都非常排斥、憎恨，也固执地拒绝改变传统的生产方式。由于日本丝的大量涌入和上海战事的影响，虽然今年的春蚕丰收了，蚕茧的收购价格却大幅度下跌。老通宝一家劳碌了一个春天，不仅没有收回成本，还搭上了抵押出去的十五担桑叶的桑地。在《秋收》里，"丰收成灾"的悲剧又一次发生在老通宝身上。稻谷丰收，米价却暴跌，再遭重挫的老通宝在不甘心和困惑中死去。临终前，他隐约意识到了抗争的必要性。在《秋收》里，老通宝的儿子多多头就已经对这个不公平的世界有所抗争，进入《残冬》，这种反抗更发展为有组织的武装斗争，中国开始进入农村革命的历史新阶段。

社会剖析小说是 20 世纪 30 年代激进的左翼文学的主流文学形式，与之相比，同样属于左翼阵营的萧红有着更强烈的艺术独立性。她的小说，同样着力于揭示 20 世纪二三十年代中国东北乡村的苦难现实，从时代和阶级的角度予以观照和思索，但更能引起读者注意的却是她作为女性作家所拥有的敏锐细腻的艺术直觉和高妙的文学才华，尤其是在鲁迅影响下对改造国民性主题的继承、对人的内在精神状态与生命意志的关注。中篇小说《生死场》是萧红的成名作，鲁迅在小说序言里称赞它表现了北方人民对于生的坚强、对于死的挣扎，有着力透纸背的生命强力。在作家笔下，东北的乡村城镇是一个"生死场"，人们在严酷的自然环境和剥削者们的欺压下艰难度日，"忙着生，忙着死"，食与色、生与死，几乎构成了他们生活的全部。人们在几乎静止的时间里愚昧而麻木地承受着各种艰辛、生与死的轮回。但是，这种愚昧、麻木的承受里边包含的却是生命力的坚韧、顽强。因此，在小说后半部分，当日本侵略军在这片土地上奸淫掳掠时，农民们胸怀亡国的仇恨，追随死去的英勇同伴，自发组织起来抗击闯入家园者，甚至放弃家财、毁掉居所，投奔抗日武装，老旧的民族便在"死"的灾难中得到"新生"。就这样，人的消极的自在状态的生与死，与民族的昂扬奋起的、自觉的生与死，交织成小说的基本思路。

《呼兰河传》是萧红的小说中成就最高的一部，有着很浓重的自传色彩。作家以忧郁的、极为细腻的笔触记述着自己童年时期的家乡呼兰小城，展示着特有的单调的美丽以及其中居民的淳朴善良。在寂寞、温馨又带着感伤的回忆中，小城的风景、风俗一一被刻绘出来，汇成这篇小说的诗化抒情风格。同时，《呼兰河传》也对呼兰社会中民众的国民劣根性予以了犀利的批判。

1942 年 5 月，中共中央宣传部召开延安文艺座谈会，在其中的第一次和第三次全体会议上，毛泽东作了两次讲话，即《在延安文艺座谈会上的讲话》。这是中国现当代文学史上具有划时代意义的历史文献。它从当时异常尖锐、激烈的国际国内的民族斗争和阶级斗争的实际出发，运用马克思主义原理，系统地阐述了中国共产党在新民主主义时期和战争环境中指导文艺工作的文艺政策，建立了革命文艺的理论体系。毛泽东指出，"在现在世界上，一切文化或文学艺术都是属于一定的阶级，属于一定的政治路线的"，因此他用革命的政治路线来规范革命文艺运动，提出一个影响深远的论断："我们的文学艺术都是为人民大众的，首先是为工农兵的，为工农兵而创作，为工农兵所利用的。"《在延安文艺座谈会上的讲话》是抗日根据地、解放区文学和 1949 年后的共和国文学的纲领性文件，奠定了当代中国文学的基本格局。在它的指引下，20 世纪 40 年代抗日根据地和解放区的文艺工作者们深入前线，深入基层，深入生活，开展了轰轰烈烈的工农兵文学运动，从最广大的人民群众的生活和斗争中发现题材，用民族的、大众的、老百姓喜闻乐见的形式和风格进行创作。

其中，赵树理通俗化、大众化的农村小说被认为是实践讲话精神、代表工农兵文学方向的一面旗帜。赵树理认为自己的小说是从现实革命斗争和工作所遇到的问题中创造出来的，同时也是在党的方针政策指导下提出的对问题的解决。1943 年，他的成名作《小二黑结婚》就有着宣传当时根据地政府新颁布的《婚姻法》的背景，是在真实存在的人和事的基础上发展而成的。在太行山抗日根据地，小二黑和小芹这一对农村青年的爱情，受到有着封建思想的家中父母的百般阻挠和乡村恶霸势力的欺凌诬陷，为了追求恋爱自由和婚姻自主，他们勇敢地与之相争，最终在根据地政府和新《婚姻法》的支持下，取得了胜利。

小二黑和小芹是中国新文学中最早出现的新农民的形象。和以往作家笔下悲苦无助、愚昧麻木、深受封建思想禁锢压抑的传统农民形象（例如祥林嫂、老通宝等）不一样，小二黑和小芹性格朴实开朗，富有朝气，生活在新的政权、新的社会里，是生活和时代的主人，有着新一代农民的特质。他们敢于反对包办婚姻，反抗黑暗势力，敢于为了自己的美好生活而斗争，并且信任人民政府，把个人的自由幸福和革命事业联系起来，最终取得胜利。因此，小说所歌颂的，既是根据地和解放区农村的一代新人，也是新的社会、新的政权，是反封建的新思想。

在艺术形式上，《小二黑结婚》有着鲜明的民间艺术的特点，代表着通俗化、大众化的时代风格。它在情节和结构上突出故事性，要求故事有头有尾、首尾连贯、环环紧扣、波澜起伏，在一个大故事里套几个小故事。小说善于运用小故事，把人物放在情节变化、矛盾冲突里，通过他们的言语行动来刻画人物性格。这正是为广大中国民众所喜闻乐见的叙事艺术传统的一大特点。在语言上，赵树理以清新活泼、地地道道的农民口语、山西方言为基础，广泛吸收民间语汇和修辞方法，形成通俗、朴素、流畅、明快、机智的风格。他的小说虽然很少有专门的乡村风景、风物描写，但由于作者本身已经全面地融入农民和农村社会当中，他对乡土生活细节的描写，对人物的视、听、言、行的叙述，本身已经包含着地域性的乡土风情。在赵树理的影响下，20世纪40年代和之后的乡土与农村小说里，形成了以山西作家为主体的流派——"山药蛋派"。

和赵树理、孙犁等在抗日根据地和解放区土生土长的革命作家不同，丁玲、周立波等来自国民党统治区的左翼作家，在依照《在延安文艺座谈会上的讲话》精神、再现解放区和1949年之后农村所发生的翻天覆地的变化时，一方面满怀热忱地扎根于人民群众的基层生活，改造自己的思想，在世界观、审美趣味等各方面全面向工农兵靠近。另一方面，原有的文学素养和理论基础也使得他们在新的乡土小说写作上有着更开阔的视野，在分析和表现农村现实的时候有着更强的政策和理论上的自觉。丁玲的长篇小说《太阳照在桑干河上》就是她根据多次参加土改运动获取的素材创作的，小说以华北农村为背景，自觉运用阶级理论，深入全面揭示农村的阶级斗争和各个阶级人物不同的精神面貌，从而表现共产党领导的土改运动是一场旨在改变农村传统秩序、影响深远却又曲折艰难的伟大运动。周立波的《暴风骤雨》反映的是东北乡村的土地改革运动。和丁玲一样，他在力求全面反映土地改革运动的同时，也着力于从政治的高度对乡村社会做出分析，并且注意人物形象与性格的塑造，尤其是把人物放在激烈的斗争中，注意抓住具体的情节、事件，揭示人物的内心世界和人生命运。这种类型的写作，经过中华人民共和国成立后的不断摸索和变化，成为当代农村小说的主流创作样式，并且涌现了周立波《山乡巨变》、柳青《创业史》等代表性作品。

三、建立在私人体验和民间记忆基础上的个体写作

20世纪80年代至今，中国致力于改革开放和经济建设，进入新的历史发展阶段。尤其是90年代以来，工业化、市场化和城市化迅速铺展开来，乡村与城市发生着巨大而且深刻的变化。在这一进程中，作家们艺术上不断探索，打开视野，借鉴域外文学经验，努力摆脱种种外部束缚，让写作回归语言本身和作家鲜活的个体经验。与此同时，一批作家立足于乡土，回归民间的文化传统与历史记忆，潜心打造讲述百年中国乡村现代化进程的有效方式，并取得了足以傲人的成绩。

在80年代上半期的创作里，贾平凹对于农村的经济改革和现代化改造是值得充分肯定的。他的小说《小月前本》《鸡窝洼人家》热情洋溢地表现了改革给农村青年在思想感情、爱情婚姻等方面带来的可喜变化，正面描写了随着改革开放进入农村的商品意识和现代生活方式对古老乡风民俗的冲击，以及引发的价值观念的变化。

这一时期，贾平凹形成了自己鲜明的小说艺术特色，即植根于陕西南部商洛地区的生存环境与风土人情，用清新、纯朴的笔触展现古老乡村的美好人情，营造出有着浓郁诗意美感的艺术世界。

随着改革的深入，贾平凹逐渐意识到农村现代化进程的负面影响。1986 年的《浮躁》通过主要人物金狗的精神蜕变和人生历程，揭示了农村改革所带来的传统秩序和价值观念的颓败，尤其是人们精神上的浮躁，以及浮躁表象下的虚无。1993 年发表的《废都》是贾平凹极具争议性的一部作品，也是其少有的以城市为题材的长篇小说。不过，小说中的古都西京更是一座处于农业文明的都市，古城和生存在这座城中的庄之蝶等传统文人所象征的是传统世界在 90 年代所陷入的精神与文化的困境。在之后的《秦腔》《古炉》《山本》等小说里，贾平凹一方面痛感于乡村在现代化进程中的溃败与沦落，另一方面又试图回到历史和民俗中去，在民间想象中完成对乡村的拯救和作家的自我救赎。

和现代时期的乡土小说不同，贾平凹对于乡土和传统文化有着自觉的认同。他赞美山野田间率真、野性和强悍的生命力，沉迷于陕南商州地方文化、秦汉遗风，也因此受到一些秉持西方现代文明标准的评论者的批判。此外，他的写作有着强烈的对于当下社会、人心的关注，聚焦于人在社会巨变中的心态和精神变化，他不是居高临下地批判，也不是保持距离予以冷静的评论和分析，而是置身于其中，以平视的方式、见证人的身份来体验和思考。在一次访谈里，他表示："我的任务只是充分描绘故乡的生活，……我只描绘，不想解释。""我目睹故乡的传统形态一步步消亡，想要保存消亡过程的这一段，……这一段生活和我有关系，有精神和灵魂的联系：亲属、祖坟都在那里。"

在乡土文化认同方面，莫言也有一个变化的过程。他在 20 世纪 80 年代初期的创作有明显的文化批判的倾向，这一倾向在后来的《红高粱》《丰乳肥臀》和《檀香刑》里仍然存在，但此时莫言已经自觉地将乡土的、民间的文化从批判对象中剥离出来，并试图重新焕发历史与大地中所蕴藏的原始生命力，推进民族文化的重建。进入新的世纪，莫言进一步回到个人生存经验和民间文化传统当中，先后推出《檀香刑》《生死疲劳》和《蛙》，在讲述中国经验、中国故事上开辟出一条高度民族化又极具个性特点的道路。2012 年，莫言获得诺贝尔文学奖。

1985 年，中篇小说《透明的红萝卜》为莫言赢得最初的声誉。在水利工地上，小黑孩目睹了老铁匠为了惩戒徒弟，将烧得通红的钢钻戳到小铁匠的胳膊上。晚上，小黑孩拔来萝卜给大家当夜餐，却突然发现放在铁砧上的一根萝卜变成金色透明的了。他激动地抓住这根萝卜，却不料被心有怨气的小铁匠抢走，并远远地扔进河里。小黑孩焦急地四处寻找那根奇异的萝卜。他来到萝卜地里，却再也找不到透明的红萝卜。在小黑孩的身上，浓缩着莫言童年在贫困乡村对于饥饿和苦难的记忆，更象征着中国农民执着的生存意志和强烈的生命力。当莫言通过小黑孩的眼睛与心理去感知和表现客观的外部世界时，他看到了蓝色的阳光，听见头发落地的声响，透明的红萝卜里流动着银色的液体。儿童的异乎常人的感觉赋予这个世界奇幻的性质，也为莫言打开了一个虚实难辨、奇诡多变的感性的世界，使他的小说总能给人带来颠覆日常感官经验的爆炸式的阅读体验。

中篇小说《红高粱》是莫言的代表作。小说里有两条线索，主线是土匪头子"我"爷爷余占鳌率领人马伏击日本侵略军的汽车队；辅线是余占鳌与"我"奶奶戴凤莲的乡野爱情传奇。讲述土匪头子的抗日故事和背德违俗的爱情，本身就是对循规蹈矩的世俗世界和小说常规的冒犯。在小说中，男女主人公敢爱敢恨，既是土匪，也是英雄和情种，展示出无拘无束、自由自在的生命存在。在他们身上，鼓荡着中国农民强悍、粗野的生命激情和强大意志力，包蕴着乡土民间的价值观、审美观。与之构成对比的是莫言对小说叙述人"我"所代表的当代人的萎靡、猥琐的生命状态的鄙夷和摒弃。

莫言是一位有着异样敏锐的感受性和强大想象力的作家，在语言表达和叙事策略上则追求强烈的戏剧性和陌生化效果。在他的小说中，故事往往以非故事的方式，由叙述者的感觉和情绪流动、心理变化来引导和推进，情节的逻辑联系被最大限度地淡化，小说叙述变得自由散漫、生机勃勃。同样，在语言方面，作家更多追求的是非常规的、自由自在而且充满力度的表达。以《红高粱》为例，首先，最引人注意的是小说耗费大量笔力详尽描写暴力、酷刑等超常态的生命活动形态，有着极强的感官刺激；其次，重视主观感觉的呈现，大胆运用繁复多样的比喻、夸张、通感等修辞方法，意象密集，瑰丽神奇，色彩鲜明丰富，着重表现人物的意识流动和心理跳跃；最后，善于营造语言气势，言语汪洋恣肆、滔滔不绝，极具震撼力，却也引来不少批评者的诟病。

四、家族小说

"激流三部曲"是巴金的代表作品，包括《家》（1931 年）、《春》（1938 年）、《秋》（1940 年）三部小说，其中《家》被认为是新文学历史中拥有读者最多的一部小说，《家》原题是"激流"，1933 年改名为"家"。这是一部反映当时中国的家族生活的小说，虽然小说里的高公馆位于成都城区，但考虑到传统农业文明与生存方式仍居于主导地位，所以仍然把这一类家族小说归入乡土小说的行列。

《家》以五四运动前后的四川成都为背景，写了一个封建大家族从盛到衰的崩溃过程。高老太爷是高氏家族的创立者，有着至高无上的权威。他掌控家族的经济财产大权，拥有对所有家庭成员一切活动的决策权。他是封建社会等级制度的具体象征，同时他最后的绝望和无助也象征着旧时代的没落。

觉新、觉民、觉慧三兄弟的爱情故事是小说情节发展的骨干。其中，觉慧与婢女鸣凤的爱情以鸣凤投湖自尽结束，觉新与钱梅芬、瑞珏的两场爱情也以悲剧收场。这三个悲剧事件都属于青年人为了追求幸福的爱情而与封建礼教、专制制度发生不可调和的矛盾，并最终被旧家族、旧制度吞噬。也正是因为这样，觉民在觉慧的帮助下奋起抗婚，最终取得胜利。

在小说里，觉慧是新人的代表，他高声呼喊"要做一个旧礼教的叛徒"。他体现着作家对光明和理想的向往，洋溢着青春的激情，是 20 世纪初在现代新思潮冲击下被唤醒的中国青年，是封建主义的大胆、勇敢的叛逆者，也是满怀热诚的革命者。

"激流三部曲"中塑造最为成功、最深刻、最具艺术魅力的是觉新这个人物形象。他是一个没有"青春"的"青年"，一个矛盾复杂、负载着深重痛苦和罪孽的灵魂。他接触过新思潮，与表妹钱梅芬热恋，甚至也明确地知道将自己心爱的两个女子摧残至死的是封建迷信、礼教传统。但是，他性格软弱动摇，信奉"作揖主义"和"无抵抗主义"，以长房长孙的身份支撑着岌岌可危的高公馆。他出色的办事能力使他成为封建势力戕害青年的帮凶，厚道善良的性格又让他对受到迫害的年轻人充满同情、内疚，予以暗中的支持，为他们的叛逆行为承担责难。旧传统与新思潮的撞击，让觉新这个善良而懦弱的灵魂左右受敌、进退失据，备受煎熬。他以受难者的身份充当着旧势力的帮凶，又在这一过程中成为丧失青春和幸福的牺牲品。他的伟大的付出所成就的是自己渺小的人生。

如果说"激流三部曲"揭示了封建旧家族的必然瓦解，老舍的《四世同堂》则再现了家族文化在民族危难中的浴火重生。这部洋洋洒洒八十余万字的巨著写作于 20 世纪 40 年代中后期，分为《惶惑》《偷生》《饥荒》三部，描写了从 1937 年"七七事变"到 1945 年日本侵略军无条件投降这八年间，北平小羊圈胡同祁家等十几户人家一百余人的现实遭遇、心路历程。《四世同堂》在为民族受难发出怒吼、对外国侵略者的罪恶进行无情鞭挞的同时，也对本民族文化做了深刻的自我反思。

所谓"四世同堂"说的是祁家从祖父祁老人，父亲祁天佑到儿辈的瑞宣、瑞丰、瑞全以及孙辈的小顺子、妞儿等四代人聚族而居。家庭是中国社会的根本，四世同堂是中国传统文化中的理想家庭。在这种家族制度中，长辈享有崇高的地位，构造出稳固却封闭的社会基本单位。但是，近代以来，随着现代思潮的不断冲击，这个封闭结构的内部也在松动，趋于多元。祁老人是这个宗法制家庭的主持者、维护者，他依据以往躲避战乱兵灾的经验，以为在家里备足三个月的粮食咸菜，闭门不出，就可以全家平安无事。不料，民族灾难延续数年，祁家也不断遭受毁灭性的打击。现实的惨痛教训使得祁老人终于放弃只知有家、不知有国的狭隘旧思想，奋起抗日，捍卫民族尊严。作为第三代的瑞宣、瑞丰和瑞全，由于性格、志趣不同，而在抗日浪潮中有着各自的抉择。瑞全刚烈爱国，毅然辍学从戎，投身民族解放事业，是民族复兴的希望和支柱。瑞丰油滑肤浅，贪图浮华，为个人利益不惜卖身投靠仇敌，为虎作伥，是市民文化中的糟粕和外来文化的堕落一面的混合。大哥瑞宣是小说的核心人物，他是旧文化的担当者，也是新文化的追求者，为了维持四世同堂的大家庭，他摇摆于新旧文化之间，既有炽烈的爱国之心，不愿与汉奸同流合污，又忍辱负重，在外国使馆任职，以养家糊口。经过长期的惶惑与偷生，瑞宣终于找到自己在民族解放战争中的位置，积极从事抗战宣传。小说正是通过四世同堂的大家庭中成员们不同的选择，对宗法文化的各个层次进行了剖析，揭示了中国下层市民艰苦坚韧、朴素正派、负重务实、重视人情伦理的优秀品质，也批评了他们的封闭保守、怯懦忍耐。民族战争既是空前的浩劫，却也使得古老民族浴火重生，实现了文化上的再造。

老舍的小说有着极其鲜明、浓郁的北京特色，他是在用地道、优美、凝练的北京口语写着老北京的人和事，遣词造句间洋溢着对古都、故乡的浓浓情谊，同时也展开指向以北京文化为代表的中国传统文化的思索和批判。在他的成名作《骆驼祥子》里，主人公祥子是一个流落到城市里，希望靠自己的劳动过上好一点的生活的青年农民。祥子最大的愿望是挣钱买一辆属于自己的黄包车。但是，在混乱黑暗的时代里，他的努力一次次被挫败。最后，他爱着的女人小福子不堪忍受屈辱的生活而自杀身亡，这吹熄了祥子最后的生的希望，他彻底地堕落下去，成了"文化城"

里失去了灵魂的走兽。《骆驼祥子》不仅写出了黑暗时代的个人悲剧，更深刻反映了北京市民阶层的下九流文化对祥子的侵蚀，这尤其表现在虎妞与祥子的畸形的婚姻关系上。

另一部值得介绍的家族小说是陈忠实的《白鹿原》（1993年）。这篇小说以陕西关中平原上的白鹿村为背景，讲述了同出一源的白、鹿两大家族半个多世纪的恩怨情仇，并以此为线索，串联、交织起从近代到当代的重大历史事件，关中平原上地域性的天灾人祸，以及小说中人物个体的挣扎、奋斗、欲望和野心。所以，它是一部家族史、地域风俗史和个体人生的沉浮史，也是一部浓缩了的民族命运史和心灵史。

小说的主人公白嘉轩是白鹿村的族长，他牢记耕读传家、积德积福的古训，腰杆永远挺得笔直，在艰难时代维持仁义之风，带领白鹿村渡过道道难关。在小说里，白嘉轩是乡贤良绅传统的现代传人，关中大儒朱先生则是白嘉轩的精神导师、儒家文化的活生生的象征。通过对白嘉轩、朱先生的形象塑造，小说传达出的是对儒家传统文化在民族生存发展历史中的巨大价值的高度评价。同时，白嘉轩的性格又是丰富立体而多面的。一方面，他是一位仁厚长者、白鹿村的精神象征；另一方面，他又是夫权、父权、族权的强大化身，是封建家法族规的坚决维护者和忠实执行者。他宽厚仁慈，又冷酷无情。作为精神领袖，他的良言善行潜移默化地浸染和改变着村民；作为族长，又绝不宽宥乡约族规的冒犯者，一律予以残酷的处罚。可以说，白嘉轩形象的丰富性代表的是中华民族历史文化的多元与复杂。用当代意识来重新评价历史、重新观照和论断儒家文化，是《白鹿原》的核心所在。

五、台湾地区的乡土小说

经过20世纪20年代张我军等先驱者的理论鼓吹和创作推进，台湾地区的现代汉语文学得以萌芽，并初具规模。进入30年代，台湾文学形成多元共生的格局，其中乡土文学较为突出。

赖和被认为奠定了台湾新文学的基础，是"台湾新文学之父"。在诗文中，他以弱小民族代言人的身份，表现出对台湾地区民众的深切同情，以及对日本殖民者及其走狗的辛辣讽刺和批判。此外，他对民族旧有传统也有深切沉痛的现代反思，因而又被称为"台湾的鲁迅"。譬如小说《斗闹热》，批评乡人在迎神赛会上为了争面子而铺张浪费，进而深入文化层面，揭示人们的精神劣根性。赖和的乡土文学作品，既是被欺凌的弱小民族的呐喊与控诉，也在现实批判中注意将人物的生活、习性与台湾本地的自然风景、人文环境密切联系起来，并有意识地将方言俚语引入作品，有地域乡土色彩。

杨逵是台湾日据时期最重要的作家之一。他的成名作《送报夫》（1932 年）塑造了一位在日本强权统治下争取解放的台湾农家青年的形象及其思想成长的过程。这篇小说受到左翼革命文学的影响，有着明显的阶级革命的意味。《模范村》是杨逵的一篇名作。小说以日本殖民统治下的台湾"样板村"——泰平乡作为背景刻绘了革命青年阮新民，以及他的父亲阮固这个大地主的不同形象。留法归来的阮新民亲眼见到农村民不聊生、怨声载道的凄凉景象，对于父亲勾结日本人欺凌弱小、鱼肉乡里的行径无比愤慨，最后与之决裂并投入抗日的洪流。

杨逵之后的重要作家应该首推吴浊流。他的小说主要有长篇代表作《亚细亚的孤儿》，以及《先生妈》《波茨坦科长》等。其小说有两个方面的特点：一是标志着台湾文学从现实的再现与描摹向对台湾人心态的表现推进，尤其是以知识分子为对象，对台湾人的精神变化、思想动态有非常准确、细腻的把握；二是对台湾乡村的社会人情、风土习惯有较多篇幅的描写，有着浓厚的乡土气息。

20 世纪五六十年代的台湾文学，艺术价值颇高的有抒发对大陆乡土魂牵梦绕之情的"怀乡文学"或"乡愁文学"，以及台湾本地作家的乡土写作。林海音的《城南旧事》是台湾乡愁文学的代表作之一，它由五个短篇组成，基本按照"我"即英子的成长过程依次排列，可以说是作者青少年时期的自传。作者深情回忆在北京的童年岁月，用孩子天真幼稚的眼睛打量世界，古都与童年成为游子成年后的精神家园。老北京特有的安详宁静的氛围和风俗人情，也造就了这部小说诗一般的抒情性质。

钟肇政是 1945 年后第一代台湾地区本土作家中的佼佼者，他继承了 20 世纪三四十年代台湾乡土文学的现实主义传统，进一步在历史回顾中书写台湾人的心灵史，著有《浊流三部曲》和《台湾人三部曲》。《浊流三部曲》明显带有自传性质，以青年知识分子陆志龙在日据时期的遭遇和心路历程为线索，再现台湾人民的艰难生活，尤其是他们内心的屈辱感，以及对祖国的强烈认同。小说记录了台湾人民从迷失自我到确认自我的艰难的心路历程。民族意识逐渐觉醒的过程，也是个体自我觉醒并独立发展的过程。《台湾人三部曲》则从个人扩展向家族，以陆氏家族三代人为中心，叙述了他们移民、发家、破产和抵抗日本殖民者的过程，描绘出台湾民众奋斗、反抗的近现代史。

稍晚于钟肇政的陈映真更为关注台湾的乡土社会现实，他也是 20 世纪 60 年代以来台湾乡土文学的代表作家。他的小说表现出对普通民众的人道主义关切，代表作有《将军族》、《第一件差事》、《华盛顿大楼》系列等。《将军族》塑造了两个"卑微而又高贵"的小人物。绰号"三角脸"的外省退伍老兵，曾对为逃避被卖为娼的命运而四处流浪的台湾女子"小瘦丫头"怀有邪念。在获知小瘦丫头的不幸遭遇后，三角脸伸出援助之手，留下自己的退役金后悄然离去。但是，这并没有改变小瘦丫头被卖为娼的命运。五年后，重获自由的她在一个乡村葬礼上和三角脸重逢而后相爱。历尽沧桑的两人觉得此身已不干净，又决意永远在一起，于是相携自尽于甘蔗林中。小说从阶级论的高度，对不合理的社会和底层民众的悲惨生活做出了深切的控诉。

最需要补充的是台湾地区的现代主义小说。在当代台湾文学里，乡土文学与现代主义文学既是竞争对手，又相互借鉴、启迪，共同促进台湾地区的文学发展与繁荣。乡土文学注重本土现实与历史，现代主义则深入揭示生存于特定时空中的人的精神与心理。20世纪七八十年代的乡土文学置身于资本主义快速发展的过程当中，集中关注这一过程引发的乡土矛盾以及乡人的精神与心理变化。这一新潮的涌起，是与现代主义对新一代乡土作家的影响分不开的。台湾地区的现代主义文学发轫于20世纪50年代纪弦发起的现代诗运动，在50年代后半期及60年代达到高潮。其中，白先勇是台湾现代主义文学的中坚，也是将现代与传统结合得最好的一位小说家。

白先勇的写作可以《芝加哥之死》（1964年）为界分为前后两个时期。前期以短篇小说集《寂寞的十七岁》为代表，主要描写他青少年时期的生活；后期以短篇小说集《台北人》为代表，叙述从大陆败退台湾的上流社会成员的风光不再、潦倒孤寂。白先勇前期的小说，往往带着青春成长的痕迹，肯定人性与人的合理欲望，同时也揭示世俗社会对于个体的压制，以及因此引起的个体精神变异。《玉卿嫂》即是以儿童视角叙述的年轻寡妇的情感悲剧。身为寡妇，玉卿嫂与庆生的爱情不为世俗社会所容，只能在暗地里进行。但是，长期的自我压抑也造成玉卿嫂心理的扭曲，她对庆生的爱演变成强烈的控制欲，最终杀死庆生并自杀身亡。后期的《台北人》出版于1971年，由十四篇短篇小说组成，在借用意识流等现代主义手法的同时，将之与中国古典小说以形写神、工笔细描等手法相融合，在精雕细琢的艺术形式中，传达出现代人在历史烟云和现实蹭蹬之间的繁复内心、难以言表的惆怅与感慨。

可以说，白先勇的小说是现代汉语文学当中难得的佳作。他成功地对接传统与现代，兼有厚重的历史感和现代主义的叛逆，形成了属于自己的具有中国美学风格的现代主义小说艺术。在人物形象塑造上，他以传统的以形写神、通过人物言行来暗示心理的技法为主，又融入意识流、心理分析等西方因子，细腻、深刻、充分地表现出现代人微妙复杂的内心。从语言上看，他的小说兼采文言、古代白话和现代白话之长，形成了自己的圆熟精美、明快洗练、意蕴深厚的特点，典雅而不乏流动，细腻中透出从容。

第七讲

小说：乡土文学的诗意想象

　　狭义的"乡土文学"指的是五四时期带有写实风格的、主要表现现实人生的小说作品，这类小说采用独特的乡村视角，其主要特征是作家以自己熟悉的故乡村镇为背景，描绘乡土风情，揭示农民的苦难命运，表现鲜明的地方色彩和浓郁的生活气息。不过，也可以宽泛地认为，凡是以农村、农民、农业、乡风民俗和农家风光为题材和主题的文学作品，都可以算作乡土文学。这类文学以小说创作为主，即乡土小说。

　　20世纪20年代鲁迅创作的《故乡》《风波》《阿Q正传》可以看作最早的乡土小说。在鲁迅的影响下，一个以青年作家为主的现代乡土小说作家群开始出现，其中的代表作家有王鲁彦、彭家煌、台静农、蹇先艾等，他们继承鲁迅的批判精神，讲述农村闭塞落后、愚昧保守的生活方式，展示乡村生活的苦难，揭示社会的黑暗和民众的麻木，批判乡村的陈规陋习。

　　与上述具有现代理性意识和批判精神的乡土作家形成强烈反差的，是另一批陶醉于田园风光、对乡村进行文化保守主义的诗意美化的乡土抒情作家。其中成名于20世纪二三十年代的废名和沈从文最有代表性。废名的乡土文学作品，以散文化的结构，描写了古老乡村梦一般的宁静和幻美，表现乡村风光的自然美、古朴的风俗美、纯洁的人情美，给当时的文坛带来了清新的泥土气息。作品中，少年和姑娘在夕阳下逗留嬉戏，行人挑夫在杨柳树下乘凉喝茶，农家乐的一派祥和而繁忙的快乐景象完全抹去了现代农村中残酷的一面，谱写出一曲远离尘嚣的田园牧歌。至于沈从文的创作，也多注意刻画乡土中的"粗糙的灵魂"和"单纯的情欲"。他描绘的山寨、码头宁静而秀美，宛如一幅幅古朴奇幻的风俗画。

一、废名

废名（1901—1967 年）原名冯文炳，"废名"为其 1926 年后用的笔名。他深受周作人影响，先是创作新诗和小品散文，20 世纪 20 年代到 30 年代初期则主要从事小说创作，著有短篇小说集《竹林的故事》《桃园》《枣》和长篇小说《桥》《莫须有先生传》等。《竹林的故事》（1925 年）是废名的第一本小说集。废名的小说以"散文化"闻名，他将六朝文、唐诗、宋词以及现代派等观念熔于一炉，并加以实践，文辞简约幽深，兼具平淡朴实和生辣奇僻之美。

废名小说主要有三个方面的特点。首先是散文化的倾向。废名的作品虽是随兴所至，自由生发，挥洒自如，却是行乎当行，止乎当止。同时他又惜墨如金，在字句锤炼上颇下功夫，段与段和句与句之间跳跃性强，留有很大的空白。其次是以禅写诗，以禅理入文。这一点可以从《桥》和《莫须有先生传》里边看出来。最后是美与涩的交织。废名的散文和小说把本土的儒释道传统与西方现代主义营养融于一体，行文间注重意境的建构，言语含蓄中包蕴禅悟、妙思，因此被认为有一种让读者丈二和尚摸不着头脑的美丽。

废名的小说创作可以分为前后两个阶段。

《竹林的故事》《桃园》《枣》《浣衣母》《桥》是第一阶段的代表作。这一时期的小说从整体上看是远离现实人生和当代社会问题的，即使有，也很微弱，尤其是越到后来，我们几乎找不到半点对于现实人生的哀愁或者抗议。比如，《菱荡》所描绘的完全是一幅"不知有汉，无论魏晋的世外桃源"画卷。《桥》更是废名精心营造的通向宁静禅境的美丽桥梁。以宁静、优美的笔调，美化中国宗法制度下的农村社会，表现带有古民风采的人物的纯朴美德，有一种"田园牧歌"情调。其对这种生活的逝去表现出深深的惋惜之情。

《竹林的故事》有一种田园诗般的宁静、和谐、幻美的韵味，描述人美、景美的牧歌般的意境。一片竹林中，三姑娘在父亲去世后和母亲相依为命，以卖菜为生。"心净如水，美如竹林"，人物和清新的乡村自然景物相互映衬，形成富于诗情的象征境界。作者似乎有意模糊了小说与散文之间的界限。三姑娘对幸福的憧憬和淡淡的哀愁，都融化在那一片青翠欲滴的绿竹世界里了。三姑娘的性格像竹一样挺直、有气节，她和竹林已经融为一体，升腾为一种纯净的美的象征，以至于任何世俗的态度，都"简直是犯了罪孽似的觉得这太对不起三姑娘了"。在这里，作者既表达了对劳动者的亲近，更把对现实世界的哀伤化作了对理想世界的景慕。

短篇小说《桃园》中，废名也是借纯洁少女阿毛姑娘的理想来喻示自己的理想。阿毛是"爱与美"的化身，她是那样的无私，一心助人。她把自栽的花送人，把自家的桃子送人，还可惜自己上不了树多摘几个！阿毛的稚气透露了田家质朴纯真的古风，只是这种充满童贞的爱与美的追求，在严峻的现实社会面前，显得有些脆弱，阿毛的忧伤，体现了人与人之间难以沟通的困境。

废名在写《河上柳》及《浣衣母》时小说风格有所变化。《河上柳》中的陈老爹以演木偶戏为生，但官府禁演，为了生活只有将心爱的、象征古朴乡村生活的大柳树砍掉，卖钱。《浣衣母》中的李妈丈夫早逝，以洗衣为生，因品德贤淑而成为"公共母亲"，但当她打算与人"搭帮过日子"时，便受到众人指责，沦为"城外老虎"，在这里，作者对古老中国乡村宗法制生活的毁灭表现了深深的惋惜。

废名这一时期的创作消解现实意义，隐逸了情感倾向，突出的是静寂的诗的意境，而构成这静寂意境的是作品中所表达的对于自然、人生的直觉与顿悟。废名的小说可以说是直觉的大串联，《菱荡》中这样写菱荡的水："如果是熟客，绕到进口的地方进去玩，一眼要上下闪，天与水。停了脚，水里唧唧响——水仿佛是这一个一个的声音填的！"在废名的小说里，我们随处都可以看到通感与联觉的运用，如"草是那么吞着阳光绿，疑心它在那里慢慢的闪跳，或者数也数不清的唧咕"，由视觉到听觉，二者融为一体，这种通感，正是直觉思维的一个重要特征。

废名的语言是跳跃式的，简洁而空灵，因其空灵，如果没有充分的联想、想象，句与句，段与段之间就会产生一种"隔"的感觉，令读者如坠五里雾中。比如写花红山，"没有风，花似动——花山是火山！白日青天增了火之焰"。如果说前一个比喻"花山是火山"还不是很出格的话，后一个比喻却如同飞来巨石，一不留意便会把人砸得晕头转向。废名这样的一种语言的独特性与他强调主体的感觉、顿悟直接相关。要传达出独特的感觉就需要独特的语言，因此，在废名那里，独特的语言与独特的感觉是那么浑然地融为一体。

《莫须有先生传》《莫须有先生坐飞机以后》是废名第二阶段的代表作。现实性加强是此一时期废名创作的一个重要变化。在前期，他尽量回避、淡化甚至消解作品中的现实功利意义，尽量为自己营造一个宁静的梦境，但之后我们从废名作品中又重新可以看到社会与时代的影子，又重新可以感到社会现实所赋予作者的喜怒哀乐，正如莫须有先生所说："世上没有一个东西不干我事，静极却嫌流水闹，闲多翻笑白云忙。"《莫须有先生传》尽管在创作时间上与《桥》相去不远，但即使是在写《桥》的时候，废名的思想也已开始显得"凌乱"，一方面，他留恋于"拂尘即净"的"梦"，那便是《桥》；另一方面他却又显示着对现实世界的莫大兴趣，预示着其思想将朝着新的一路发展，《莫须有先生传》便是这种思想的产物。《莫须有先生传》在风格上与《桥》截然不同，是以作者西山卜居这一段现实生活为蓝本的自传体作品，是现实的。废名说他的《莫须有先生传》是学习莎士比亚和《堂·吉诃德》的结果，他说，顶会作文章的人是不避现实生活的，亦非不食人间烟火，他应该是"逐水草而居"，应该是"经验派"。废名的"逐水草而居"很容易使我们想起禅师"饥来则食，困来即眠"的生活态度。

对真实性的自觉追求是这一阶段废名创作的另一重要特征。此时，作为整体性的《菱荡》《桥》式的仙境一般的意境已经荡然无存，他的创作是真实的、随意的。《莫须有先生传》和《莫须有先生坐飞机以后》除了"莫须有"的名字以外，其他都是他自己生活的真实记录，是自传式的小说。如果说废名前期的小说多写自然之景并在其中流露出作者的体验、感觉与直观顿悟的话，那么，这一时期作者更注重叙事，并在这些自传式的事件中渗透自己的理性思考，因而也就显得更加真实。

废名这一时期对于散文的钟情亦可见于他在创作上的倾向，实有自然之境。因为照他的理解，散文是写实的，非想象非虚构的，他说，"我现在只喜欢事实，不喜欢想象。如果要我写文章，我只能写散文，决不会再写小说"。后来他曾把他前期的一些小说如《浣衣母》《河上柳》等还原为散文，其目的便在于摆脱前期小说的虚影而使其所叙人事更原始、更真实、更具生命本相。

这一阶段，语言的无所顾忌与先期的简洁、晦涩形成鲜明对照。废名表现出来一种强烈的表现欲，他不再苦行僧式地收敛自己的情思了。其情感思辨常常毫无顾忌、毫无遮拦地倾泻出来。如果说在前期作者的情思只偶尔有些零星式的点缀的话，在《莫须有先生传》《莫须有先生坐飞机以后》则是大段大段地抒发了。如前所述，这一时期他把更多的精力用于散文创作，正是出于一种想要更好更充分地表现自己的考虑。他把《浣衣母》《河上柳》还原成散文，也正是在这篇题为"散文"的文章中，我们看到了作者在自己情感思想的表达上与小说的不同，其显得更为直接。同时，废名语言的句式越来越符合常用的语法规范，语句较长、较缓，不再如先前那般短促、跳宕，用词也力避奇僻生辣。

整体来说，废名的小说以宁静、优美的笔调，美化中国宗法制度下的农村社会，表现带有古民风采的人物的纯朴美德，有一种"田园牧歌"情调，他对这种生活的逝去表现了深深的惋惜之情。主要表现为：①废名的小说超尘脱俗，刻意营造理想的宗法制乡村生活，渲染纯洁的心灵。他笔下的乡土，虽然不乏泥土气息，但多已把世间人物消融在仙境一般的自然景物和幽静超然的心灵里了。这种近于理想化的情致，为人们描绘了一个田园牧歌式的美丽乡村。②在写作手法上，最突出的特征是散文化的结构，故事让位于情绪，人物与景物并重。③诗化的语言和空灵的境界，则使废名的小说更像一曲"牧童短笛"，一首"唐人绝句"，但有些也显得晦涩难懂。

废名是中国现代文学史上极具个性的小说家、散文家和诗人，也是著名的文体家。他的小说独树一格，与鲁迅一起开创了中国现代乡土小说的先河，尤其是以诗意的、具有怀旧风味的笔触来书写过去的一个个故事。废名由此成为中国现代抒情小说最重要的奠基人之一，影响了沈从文、汪曾祺、何其芳等一批作家。

二、沈从文

沈从文（1902—1988年），出生于偏处大山深处、多个民族混居的湖南省凤凰县，在兄妹九人中排行第四，在男孩子中是老二，兄弟姐妹都叫他"二哥"，所以他早期的作品里，往往把带自传性的人物叫作"二哥"。他的祖父是汉族，祖母是苗族，母亲是土家族，因此，沈从文的民族身份是多元的，而他自己却更热爱苗族，他的文学作品中也有许多对苗族风情的描述。

在故乡，沈从文过早地领略了生活的艰辛，以及理想在现实中的幻灭所带来的苦闷。14岁时，他投身行伍，浪迹湘川黔边境地区。1922年的夏季，沈从文怀着对五四新文学运动的憧憬独自来到北京。这是他生活的转折点。从此，他成了一个永远自称"乡下人"的都市知识分子，发表有《长河》《边城》等作品。在他所创造的描写特殊民情的乡土文学中，沈从文明确地以"乡下人"自居，从而与"城市人"构成一种对比，不仅继承了废名"田园牧歌式的抒情诗笔调"，叙写"乡下人"淳朴优美的人性和饱满的原始生命力，而且以淳朴、优美、健康的"湘西世界"映照出"现代都市人"的虚伪、苍白、萎靡。虽然他通过文学形象来重塑民族品德的理想未能真正实现，但是这种抒情体的美学风格，还是对后来的作家产生了深刻的影响。

整体来说，沈从文创作的小说主要有两类，一种是以湘西生活为题材，一种是以都市生活为题材，前者通过描写湘西人原始、自然的生命形式，赞美人性美；后者通过都市生活的腐化堕落，揭示都市自然人性的丧失。其笔下的乡村世界是在与都市社会互相对立、互相参照下来表现的，而都市题材中的上流社会"人性的扭曲"是在与"人与自然契合"的人生理想的对比下来描述的。由于这种对以金钱为核心的"现代文明"的批判，以及对理想浪漫主义的追求，沈从文写出了《边城》这样的理想生命之歌。

作为乡村世界的主要表现者和反思者，沈从文认为"美在生命"，虽身处虚伪、自私和冷漠的都市，他却仍然醉心于人性之美，他说："这世界或有在沙基或水面上建造崇楼杰阁的人，那可不是我，我只想造希腊小庙。选小地作基础，用坚硬石头堆砌它。精致，结实、对称，形体虽小而不纤巧，是我理想的建筑，这庙供奉的是'人性'。"

沈从文的创作风格趋向浪漫主义，他要求小说的诗意效果，融写实、梦幻、象征于一体，语言单纯古朴，句式简练、主干突出，朴实而又传神，具有浓郁的地方色彩，表现出乡村人性特有的神采。沈从文以乡村为题材的小说是典型的乡村文化小说，它不仅在整体上与都市"现代文明"相对照，而且始终注目于湘西世界朝现代转型的过程，以及在不同的文化碰撞中，乡下人的生存方式、人生足迹及历史命运。

《边城》出版于1934年，是沈从文的经典作品，被誉为"现代文学史上最纯净的一个小说文本""中国现代文学牧歌传说中的顶峰之作"。《边城》所写的故事很简单，然而极美，小说以兼具抒情诗和小品文的优美笔触，表现自然、民风和人性的美，描绘了水边船上所见到的风物、人情，就像一幅诗情浓郁的湘西风情画，充满牧歌情调和地方色彩。

关于这篇小说的创作动机，作者说："我要表现的本是一种'人生的形式'，一种'优美、健康、自然而又不悖乎人性'的人生形式。我主意不在领导读者去桃源旅行，却想借桃源上行七百里路酉水流域一个小城小市中几个愚夫俗子，被一件普通人事牵连在一处时，各人应得的一分哀乐，为人类'爱'字作一度恰如其分的说明。"他希望通过自己对湘西的印象，描写一个近似桃花源的湘西小城，给都市文明中迷茫的人指出一条明路，告诉他们：人间还有纯洁自然的爱，人生需要回归自然的本性。小说《边城》为读者构筑的是一个理想的回归天然人性的世界。全篇以翠翠的爱情悲剧为线索，淋漓尽致地表现了湘西地方的风情美和人性美。

在小说中，翠翠是个天真善良、温柔清纯的女孩子，是作者倾注"爱"与"美"的理想的艺术形象，而这种"美"是通过她的爱情故事逐步表现出来的：第一阶段：爱情萌生阶段。在小镇看龙舟初遇傩送（二佬），翠翠心中爱情的种子于不自觉中开始萌芽。第二阶段：爱情的觉悟阶段。两年后，翠翠又进城看龙舟的时候，她的爱情意识已完全觉醒。第三阶段：爱情执着的阶段。爱上傩送的翠翠，没想到傩送的哥哥天保（大佬）也爱上了她。出于对爱情的忠贞，她向爷爷表示了对天保的拒绝。然而，她与傩送的爱情忽然受到严重挫折，傩送远走他乡、爷爷也死了，这些变故使她一夜之间"长成大人"。最后，她像爷爷那样守住摆渡的岗位，苦恋并等待着傩送的归来，这些充分表现了翠翠性格坚强的一面。

《边城》寄托着沈从文"美"与"爱"的美学理想，是他的作品中最能表现人性美的一部小说。作品极力讴歌的传统文化中保留至今的美德，是相对于传统美德受到破坏、充斥金钱主义的浅薄、庸俗和腐化堕落的现代中国的社会现实而言的。在小说里，湘西世界自然风光秀丽、民风淳朴，人们不讲等级，不谈功利，人与人之间真诚相待，相互友爱。爷爷对孙女的爱、翠翠对傩送纯真的爱、天保兄弟对翠翠的爱以及兄弟间的手足之爱，这些都代表着未受污染的农业文明的传统美德。作者极力状写湘西自然之明净，也是为了状写湘西人的心灵之明净。《边城》写以歌求婚、兄弟让婚、爷爷和翠翠的相依之情，这些湘西人生命的形态和生存的方式，都隐含着作者对现实生活中古老的美德、价值观失落的痛心，以及对现代文明物欲泛滥的批判。作者推崇湘西人的生活方式，也想以此重建民族的品德和人格。

我们可以从三个方面来总结《边城》的艺术特色。首先是采用兼具抒情诗和小品文的优美笔触描绘湘西特有的风土民情。这主要表现为：①独特的山水之美。小说中清澈见底的河流，依山傍水的小城，河街上的吊脚楼，攀引缆索的渡船，古老的白塔，深翠逼人的竹篁，迷蒙的雨雾，善解人意的黄狗，月亮下高崖边的对歌，山中鸟雀替换鸣叫……这些富有地方色彩的景物，都自然而清新，优美如画，让人如入梦境，给人美的享受。②奇异的风俗之美。《边城》中描绘了作者童年记忆中、理想世界中的美丽湘西地域的风俗画。它包含了湘西地区的自然风光、社会风俗、人际关系、人情人性等，小说展示的是一个质朴而又清新的世界，一个近乎世外桃源式的乡村社会，表现出仁厚、淳朴的乡村风俗：中秋节，青年男女用对歌的形式在月夜下谈情说爱；端午节，家家户户来到河边、上吊脚楼观看龙舟竞赛、河里捉鸭子比赛等活动；正月十五，舞龙灯、舞狮子、放烟火……这也是沈从文说的："我要表现的本是一种'人生的形式'，一种'优美、健康、自然而又不悖乎人性'的人生形式。"③自然的人性之美。《边城》里的人是一群"未被近代文明污染"的善良人，他们保持着自古以来宁静和谐的生活环境和淳朴勤俭的古老民风。

其次是细腻的心理描写。《边城》的心理描写非常出色、细腻，与情节展开、景物渲染水乳交融，极其自然，宛如天成。深入地说，基本是两种心理描写方式：一是通过人物的幻想、梦境来披露人物心理。翠翠离奇的"胡思乱想"，让人感到渐渐有了自己想法的少女的孤单和寂寞，以及爱情萌芽时心灵的躁动；翠翠"顶美顶甜"的梦境，展示出对朦胧爱情的甜蜜感受和潜意识里对爱情的向往。二是通过对人物在特定环境下的语言、神态的描写，形成强烈的暗示，诱使读者从人物的语言、神态上去体味人物的内心奥秘。翠翠"带着娇、有点儿埋怨"地一再央求爷爷丢下渡船上的活回到她身边，让人感受到翠翠对爷爷的无比依恋之情。听着爷爷唱的"那晚上听来的歌"，翠翠自言自语说："我又摘了一把虎耳草了。"则让人感受到情窦初开的翠翠对甜美爱情的神往。

最后是诗画般的环境描写。小说中的环境描写，不仅烘托了人物的心理活动，使人物的情感沉浸在富有诗情画意的氛围中，而且为我们展示出湘西边陲特有的清新秀丽的自然风光。在作者笔下，啼声婉转的黄莺、繁密的虫声、美丽的黄昏、如银的月色……奇景如画，美不胜收。这些又都随着人物感情世界的波动而自然展开。或是以黄昏的温柔、美丽和平静，反衬翠翠爱情萌动的内心的躁动、落寞和淡淡的凄凉；或是以柔和的月光、溪面浮着的一层薄薄的白雾、虫的清音重奏，烘托翠翠对傩送情歌的热切期待，以及少女爱情的纯洁和朦胧。

三、孙犁

孙犁（1913—2002 年），1927 年开始文学创作，1945 年在延安《解放日报》发表成名作《荷花淀》。他的作品有小说散文集《白洋淀纪事》，中篇小说《铁木前传》《村歌》，长篇小说《风云初记》等。《白洋淀纪事》显示了作家成熟而独特的艺术风格，淡雅疏朗的诗情画意与朴素清新的泥土气息完美统一，这一独特风格对当代作家影响很大，造成一个数量相当可观的河北作家群，被誉为"荷花淀派"，也称"白洋淀派"。

在延安文学和中华人民共和国成立初期的文坛上，孙犁和他开创的"白洋淀派"小说流派是很特殊的。在强调战斗性和政治性的革命文学中，他对乡土中国的书写，一定程度上是继承了废名、沈从文的传统，根植于水乡泥土，带着自然的清新纯朴，充满诗情画意。他的作品，一般都充满浪漫主义气息和乐观精神，情节生动，语言清新朴素，富有节奏感，描写逼真，心理刻画细腻，抒情味浓，有"诗体小说"之称。

　　这一流派得名，不但源于白洋淀这个地方，还源于孙犁的短篇小说《荷花淀》，主要作家还有刘绍棠、从维熙、韩映山等。他们受到孙犁创作的影响，作品多取材于北方农村，充满浪漫主义气息和乐观精神，情节细致生动，语言清新朴素，心理刻画细腻丰富，结构趋向散文风格，富于诗情画意。

　　孙犁的作品充满轻柔、亲切的情调，使人透过艰苦的岁月，体会到一种战斗的快乐，一种难忘的动人情愫。他的作品多关注战争引起的社会生活的变化，从侧面反映战争，强调人们在战争中焕发的精神风貌和乐观情绪，追求真善美的极致，自觉地回避生活中的假恶丑。作品侧重描写了战争年代里人们所焕发出来的美的灵魂、美的性格、美的品德。

　　《荷花淀》是孙犁的短篇代表作，描写抗日战争时期发生在白洋淀地区的一个令人喜悦的故事。七个农村青年参军，因为走得匆促，除了水生以外，都来不及同家里人告别。他们的妻子很惦念，想去看看他们，但是没有找到。在回家的路上，她们的小船碰上日本侵略军的运输船，敌人追赶着她们。幸亏她们丈夫的队伍埋伏在这里，给了敌人一个迎头痛击。这些妇女也在无意中与丈夫重逢，并立下了引诱敌人进入包围圈的功劳。

　　孙犁的小说，大多数描写冀中一带，尤其是白洋淀地区人民的生活和斗争。他着重取材于劳动妇女，《荷花淀》也是如此。

　　小说本来是写七个青年参军，以及参军后所取得的第一次胜利。按照一般的写法，本来似乎应该以这些参军的青年为主，但作品却着重写了他们的妻子。在旧社会，劳动妇女被压在社会的最底层，《荷花淀》不过五千字的篇幅，我们却可以清楚地看到根据地的劳动妇女前进的脚步。开始，她们都守着自己的家庭，希望丈夫不要离开。但是革命战争对每个人的教育，使她们识大体、明大义，她们支持丈夫参加抗日战争。后来由于一次偶然的机会，她们看见打仗，经了风雨，见了世面，知道打仗也不是什么困难的事，用她们自己的话来说："只要你不着慌，谁还不会趴在那里放枪呀！""打沉了，我也会凫水捞东西，我管保比他们水式好，再深点我也不怕！"这就是说，经历了一次打仗，她们增长了见识，知道男人能做到的，妇女同样也能做到。当听到水生批评她们是"一群落后分子"时，有位妇女说得好："刚当上兵就小看我们，……谁比谁落后多少呢！"于是，她们成立了队伍。这年秋季，她们学会了射击。敌人来"围剿"时，"她们配合子弟兵作战，出入在那芦苇的海里"。小说就这样真实地反映了根据地的妇女逐步打破家庭小圈子，摆脱封建社会遗留下来的女人低男人一头的思想，以实际行动为中国劳动妇女争了气。试想，连最没有地位、最受压迫、觉悟较低的妇女也站起来了，那么中国革命战争的胜利还会远吗？

在这群劳动妇女中，最有特色的是水生嫂。她的性格既有中国妇女传统的美德，又具有抗日根据地妇女进步的特点：①勤劳、善良：她织席子又快又好，可以看出她能干与勤快；丈夫是游击队队长，党的负责人，大部分家务劳动得由她承担。她上要侍奉公公，下要养育孩子，是典型的贤妻良母。②温柔、体贴：丈夫工作晚归，她首先"站起来要去端饭"，贤惠体贴；丈夫说要参军，她"手指震动了一下，想是叫苇眉子划破了手"，表现了她对丈夫的依恋和关心。丈夫参军没几天，她心里思念丈夫，又偷偷和众伙伴去看望丈夫，对丈夫可谓一往情深。③深明大义：丈夫参军，她并没有拖丈夫的后腿，虽然她是不想让丈夫走的。丈夫去做动员工作，她一直"呆呆地坐在院子里等他"，丈夫说"不要叫敌人汉奸捉活的。捉住了要和他拼命"，她流着眼泪答应了，这表现了她的忠贞。

《荷花淀》的艺术特色主要是：第一，语言质朴、简明，但又内涵丰富。例如水生告诉水生嫂自己参军那一段：水生小声地说："明天我就到大部队上去了。"——水生没有和妻子商量就报名参军，怕妻子责怪，心里有些忐忑不安，所以"小声"地说话。"女人的手指震动了一下，想是叫苇眉子划破了手，她把一个手指放在嘴里吮了一下。"——这里是个细节描写，一"震"一"吮"，寥寥两字，不仅惟妙惟肖地描绘了水生嫂在劳动中一个不经意的习惯动作，而且特别生动地流露了水生嫂这位机敏多情、深明大义的妇女内心深处所发生的爱情与大义间的矛盾冲突，可谓凝练含蓄，耐人寻味地折射出人性美的光辉。再如妇女们商量去探望自己的丈夫的一段："听说他们还在这里没走。我不拖尾巴，可是忘下了一件衣裳。""我有句要紧的话得和他说说。"——没有理由的理由，很"要紧的话"，当然必须当面嘱咐。"我本来不想去，可是俺婆婆非叫我再去看看他，有什么看头啊"——知道前两位的话不能"自圆其说"，只好另想办法，搬出"婆婆"做理由，最后还不忘加一句"有什么看头啊"表白自己，有些"此地无银三百两"的味道。作者就是通过这样生活化的人物语言，含蓄地表现了人物的性格。

第二，诗情画意的景物描写：用散文诗的语言描绘出一幅纯美的画面，使小说带有浓郁的抒情味道。小说的开头，描写水生嫂编席子。作者把这个劳动场面完全诗化了。请看小说的头一个自然段："月亮升起来，院子里凉爽得很，干净得很，白天破好的苇眉子潮润润的，正好编席。女人坐在小院当中，手指上缠绞着柔滑修长的苇眉子。苇眉子又薄又细，在她怀里跳跃着。"开头前三句，作者就点出了劳动的时间、空间和对象。像诗的语言一样，简练、动听、优美。它不仅写了环境，还反衬出环境中主人的勤快、利落。这里是个劳动场所，但收拾得很干净，而且一切准备工作，都在白天做好了：苇眉子潮润润的，正好编席。接下来就写女人的劳动。女人劳动得怎样呢？作者没有直接说出来，他只是写劳动的画面。简单两句话，就把女人编席子的情景完全形象化了：那样柔滑修长的苇眉子，就在她手指上缠绞着，在她怀里跳跃着。"缠绞着""跳跃着"，这两个动词用得多么好，不仅把劳动的场面写活了，而且把女人的好手艺、女人的勤快，都有力地描绘出来了。

再看这一段："这女人编着席。不久在她的身子下面，就编成了一大片。她像坐在一片洁白的雪地上，也像坐在一片洁白的云彩上。她有时望望淀里，淀里也是一片银白世界。水面笼起一层薄薄透明的雾，风吹过来，带着新鲜的荷叶荷花香。"

看，本来是在劳动，一下子就变成了"坐在一片洁白的雪地上""坐在一片洁白的云彩上"。这不是把劳动的场面完全诗化了、美化了吗？"她有时望望淀里"所引起的关于白洋淀雪白世界的描写，不仅让读者看到了如诗般的画面，闻到了"新鲜的荷叶荷花香"，而且还感受到了女人的内心活动。她为什么"有时望望淀里"呢？因为她心里有事：天这么晚了，丈夫还没有回来，她一边劳动，一边在等待丈夫回家。人物的心事，不采用一般小说的叙事方式来表现，而是通过散文诗的绘画的笔法来描绘，就显得诗意盎然，引人入胜。

再看描写战斗的场面。先看在战斗打响之前，日本人的大船紧追过来的描写："幸亏是这些青年妇女，白洋淀长大的，她们摇得小船飞快。小船活像离开了水皮的一条打跳的梭鱼。她们从小跟这小船打交道，驶起来，就像织布穿梭、缝衣透针一般快。"这个场面写得非常简洁、生动，是一幅十分逼真的画面。描写她们摇得小船飞快，"活像离开了水皮的一条打跳的梭鱼"。她们驶船"就像织布穿梭、缝衣透针一般快"。两个地方用了三个比喻，都是写飞快。打跳的梭鱼是形容船的飞快；织布穿梭、缝衣透针是形容人物动作的飞快、熟练。这些比喻都切合当时的情景，也切合妇女的身份。这时只听到"水在两旁大声地哗哗，哗哗，哗哗哗！"再用这样的象声词来写声音，真是有声有色，十分生动，从而也反映出这些青年妇女的沉着、勇敢、能干。

第三，传神的细节描写。请看文中一段对话：

水生笑了一下。女人看出他笑得不像平常。

"怎么了，你？"

水生小声说：

"明天我就到大部队上去了。"

女人的手指震动了一下，想是叫苇眉子划破了手，她把一个手指放在嘴里吮了一下。水生说：

"今天县委召集我们开会。假若敌人再在同口安上据点，那和端村就成了一条线，淀里的斗争形势就变了。会上决定成立一个地区队。我第一个举手报了名的。"

女人低着头说：

"你总是很积极的。"

这里没有直接描写人物的心理活动，实际上却含蓄地描写了。既写出女人非常关心丈夫，全神贯注听丈夫讲话，才不留心手里的苇眉子；又写出丈夫参军的消息，在女人内心所引起的震动。但女人是识大体的，她克制住自己对丈夫依恋的感情，不让这种感情过分流露出来，所以毫不声张，作品写她"把一个手指放在嘴里吮了一下"。这样细腻的感情活动，就通过一个简单的细节，形象地表现出来了。这是水生嫂刚听到丈夫参军的消息时的直接反应。

当丈夫比较详细地说明当时的形势，县委决定成立地区队，"我第一个举手报了名"时，作品写："女人低着头说：'你总是很积极的。'"简单的一句话，包含着丰富、细致的感情活动，是值得我们仔细捉摸、深入体会的。"你总是……"这种口气，本来是表示不满的。用不满的口气说话，是为了表现女人对丈夫依恋的感情。"总是"什么呢？"总是很积极的。""很积极的"，这是对丈夫的称赞。所以这句话是用一种不满的口气表达了女人满意的心情，写出女人复杂的矛盾心理。尽管这名普通的劳动妇女对丈夫，还有点恋恋不舍，但她是识大体的，她没有因为留恋丈夫而拖他的后腿，相反，她称赞丈夫的积极，满意丈夫的行动。实际上，当丈夫比较详细地说明斗争的形势和自己参军的经过时，女人正式回答的第一句，就是支持丈夫的行动。这种支持不是讲什么大道理，而是通过这样一句简单的日常生活的语言来表现。这是非常简练的一句话，但它所包含的感情却是很细腻、很丰富的。

水生他们参军走了。作品接着描写："女人们到底有些藕断丝连。过了两天，四个青年妇女聚在水生家里"，商量着去探望自己的丈夫。"藕断丝连"是个普通的成语，但用在这里却非常贴切，它富有地方色彩，富有荷花淀的风味，而且十分准确地表现这些女人对丈夫的怀念。她们凑在一起，就念叨着丈夫，想去看丈夫。但是，她们是在革命根据地的环境中生活、在党的教育下成长的，都积极、上进，自尊心也很强。何况男人刚走两天，她们要明白说出这份念，又感到难为情。因此，就想法给自己找到了借口。有的说："听说他们还在这里没走。我不拖尾巴，可是忘下了一件衣裳。"有的说："我本来不想去，可是俺婆婆非叫我再去看看他，有什么看头啊！"虽然都是借口，大家心里也明白，就是心照不宣。这样简单的几句话，就把她们的藕断丝连写得活灵活现，充分表现这些青年妇女此时此景的复杂而细致的感情。她们的矜持和害羞，终于敌不过对丈夫的思念，于是"偷偷坐在一只小船上，划到对面马庄去了"。

　　综上所述，散文式清新秀美的语言，浓郁的诗情画意，细腻的人物描写构成了孙犁的"诗体小说"——《荷花淀》。

第八讲

小说：都市文学与都市生活

一、都市文学

随着工业化、城市化的深入，在 20 世纪 80 年代之后，在文学中对这些都市的表现也越来越多，人们在大都市的喜怒哀乐、生存样式和日常生活都被作家们展现出来。尤其是在新的世纪里，城市和城中人的市井百态，已经成为文学的主角。

都市文学和一般的乡土文学是不一样的。在现代汉语文学的发展中，很多作家都出生在乡村，长大后来到城市学习、工作、生活。例如，从民国作家鲁迅开始一直到当代作家莫言等，这些作家的重心还是写乡村的事情，小时候的乡土体验不可避免地成为他们最喜欢的题材。在某种程度上，中国很少有纯粹的在乡村环境中来写自己身边乡土故事的作家或者作品，大多时候都是作者在城市中对乡土生活的回忆或者批判。对于这些作家来说，因为缺少青少年时期的体验，他们是较难把握都市文学的，所以他们基本上不会再写以都市生活为主的文学作品。乡土文学多是回忆性的，或者是批判，或者是赞美，作家是一种以过来人的立场在写乡土。这样的作品，表情达意多是虚构的，具有想象式的。

而对于都市文学来说，情形就完全不同了。作家身处城市，生活在现代化、商业性的环境之中。现代作家施蛰存曾这样描述所谓的现代都市生活："汇集着大船舶的港湾，轰响着噪音的工场，深入地下的矿坑，奏着 Jazz 乐的舞场，摩天楼的百货店，飞机的空中战，广大的竞马场……甚至连自然景物也与前代的不同了。"在这样的环境中，作家的感受、情感和生活，和他对于乡村的感受、情感以及记忆是完全不一样的。因此，现代作家创作关于都市生活的作品的时候，他是实实在在生活在都市之中的，无论是 20 世纪 30 年代上海的"新感觉派"小说中对摩登都市的向往，还是 20 世纪 80 年代之后大陆作家抒写的都市带给人们的苦恼和困境，作家都是生活在都市现场，置身在自己所讲述的故事中的。这样的作品，情感更加真实而具体，思想倾向更加具有冲击力。

我们还要区分都市文学和一般城镇文学的关系。都市是大城市，建筑是现代化的，人和人之间关系是陌生的。在车水马龙、霓虹灯闪烁的都市中，个体游离于群体之外，人的感情往往表现为孤独无助，在某种程度上带有淡淡的忧郁、寂寞。而城镇在一定意义上还是传统的中国城市，以老舍的"京味小说"为例，人们住在一个平面的四合院中，彼此之间依然保留了传统中国的亲密关系。在这样的城市生活，中国传统的民间习俗、家庭伦理礼仪都成为小说表现的对象，人和人之间依然遵循传统的礼俗。人生活在其中，他的感觉是和现代的大都市完全不同的。都市中的人情是冷漠的，人们生活在灯红酒绿的环境中，欲望成为都市文学中的主宰，而人成为都市文学中的一个牺牲品。

二、都市文学中的经济图景

在 1949 年之前的现代汉语文学视镜中，现代化的大城市只有一个上海。这是因为，从 1840 年鸦片战争之后，上海成为主要的通商口岸，率先开始其现代化的发展。旧上海的繁荣在 20 世纪 30 年代中期达到顶峰，这里有外国殖民者的租借地，有最摩登的电影院，有豪华的宾馆酒吧，有各种让人流连忘返的舞厅和夜总会。乃至今日，黄浦江边的外滩的老式建筑仍然见证着这过去的繁华奢靡。

上海不仅是当时中国的经济中心，还是重要的文化中心之一。很多作家都在这里生活和创作，包括鲁迅晚年也定居于此。同时，越来越多年轻的文艺青年也纷纷从全国各地来到上海寻找机会。对于来自乡村或者小城镇的作家来说，一个摩登、洋派的上海是他们寻梦的地方。不过，上海也是无情和残酷的，年轻的作家最能感受的恐怕就是身无分文的窘迫。因此他们笔下的上海具有两面性，一方面是繁华的街道和人群，另一方面却是随处可见的饥民和乞丐，摩登城市背后贫民和富翁之间的对立成为一个绕不开的话题。沈从文的小说《腐烂》写于 1929 年，以素描的笔法描绘了上海贫民窟的生活，贫民窟距离繁华的租借区不远，就是"一排又低又坏的小小屋子"，里面住的都是穷苦的人。在贫民窟中，环境恶劣，生活艰苦，为了讨生活，穷人挤住一起，时不时还要受到恶人的欺负。在沈从文笔下，这些都是大都市的沉疴重疾，在这里，人们要放弃自己的尊严才能生活下去。沈从文自认是城市里的"乡下人"，他向往乡土的湘西世界，自然无法容忍上海的污浊。

贫穷和暴富如此的极端，希望社会变革的作家们开始思考如何认识和改变这现状。他们努力运用新的理论，把上海这个城市背后运转的经济规律写在小说中，来解释当时中国的发展道路应该如何进行。茅盾的创作就是如此。

茅盾的小说《子夜》写于1931—1932年，他创作的初衷是站在左翼文学的立场上，想要回答中国是一个什么样的社会的宏大问题，小说带有鲜明的意识形态写作的模式。这部野心勃勃的小说全面描写了都市的社会与经济结构、现代生活方式以及生活在都市中各阶级、阶层的人物——资本家、时代女性、工人等，林林总总，深入再现了当时的时代面貌。

小说的故事发生在1930年的上海，情节主线是民族工业资本家吴荪甫和买办金融资本家赵伯韬之间的矛盾、斗争。吴荪甫是一位商人，开纺织工厂；而赵伯韬则是靠着外国资本家的支持来做生意的。小说最后写赵伯韬依仗外国的金融资本做后台，打败了吴荪甫。茅盾试图在小说中展示1930年的中国，因此写了上海社会，也写了工厂工人的悲惨生活和罢工运动，还写了农村的惨淡局面以及整个国家军阀混战的倾向。小说的主题是当时的中国是一个失败的社会，商人们没有办法来用自己的力量发展和建设中国。

上海作为整个小说的背景，也成为一个光怪陆离的城市。在小说一开始，茅盾就这样描写上海："暮霭挟着薄暮笼罩了外白渡桥的高耸的钢架，电车驶过时，这钢架下横空架挂的电车线时时爆发出几朵碧绿的火花。从桥上向东望，可以看见浦东的洋栈像巨大的怪兽，蹲在暝色中，闪着千百只小眼睛似的灯火。向西望，叫人猛一惊的，是高高地装在一所洋房顶上而且异常庞大的霓虹电管广告，射出火一样的赤光和青燐似的绿焰：Light，heat，power！"

这里面描写了上海的电车、洋房建筑、霓虹灯，作者使用的笔法是故意显示出上海形象的怪异。电车的火花是"碧绿"的，这在中国古典文学中一般用于形容夜晚坟墓边的鬼火的形象；洋房建筑是怪兽，而房顶的霓虹灯是怪兽的眼睛，也发出"绿焰"，作者甚至用英文单词来表达对上海夜景的印象——"Light，heat，power"——成为作者对上海都市形象的总结。

上海作为当时中国的经济中心，商人们利用这个城市获取成功与财富，外国资本利用这个城市进入中国市场谋求利益，二者之间是一种互相依存又互相争斗的局面。当然，因为当时中国的半殖民地性质，经济主权被弱化，所以才造成吴荪甫的悲剧。也正因为这样，茅盾把上海描写成了一个异常的城市，现代文化从这里进入，似乎带来的却是中国更加悲惨的结局。这是中国现代文学第一次对一个大都市进行这样的剖析。

三、都市文学中的新感觉

上海作为 20 世纪 30 年代的大都市，它留给人们的是一种别样的感觉。我们还以《子夜》中的一个片段为例，小说中写吴荪甫的父亲吴老太爷一直住在乡下，因为家乡动乱所以被儿子接到城中，没有进过几次城的吴老太爷被汽车接进上海。小说用吴老太爷的眼光来描写城市道路的景色："汽车发疯似的向前飞跑。吴老太爷向前看。天哪！几百个亮着灯光的窗洞像几百只怪眼睛，高耸碧霄的摩天建筑，排山倒海般地扑到吴老太爷眼前，忽地又没有了；光秃秃的平地拔立的路灯杆，无穷无尽地，一杆接一杆地，向吴老太爷脸前打来，忽地又没有了；长蛇阵似的一串黑怪物，头上都有一对大眼睛放射出叫人目眩的强光，啵——啵——地吼着，闪电似的冲将过来，准对着吴老太爷坐的小箱子冲将过来！"这一段描写写出了吴老太爷对城市的新奇感觉。汽车变成了小箱子，路边的建筑物的灯光变成了"怪眼睛"，对面的汽车变成了头上带有"一对大眼睛"的"黑怪物"，并且冲向自己。这样激烈的刺激让老人家难以忍受，这段描写也反映出当时人们对大城市现代化事物的感受——新潮、奇异。

在茅盾小说发表的同时期，上海还有一批作家也正在自己的作品中写出这种对城市的新感觉，这就是"新感觉派"小说家。

穆时英、刘呐鸥和施蛰存三人是新感觉派的代表作家。在20世纪30年代，这三位作家都只有三十岁上下，穆时英年纪最小，出生于1912年，刘呐鸥出生于1905年，施蛰存出生于1905年。他们在最年轻的时候遇到了旧上海在30年代发展的鼎盛时期。他们的创作观念和技巧来自国外尤其是日本的新感觉派，主要关注点就是描写都市的速度、色彩、建筑所带给人的全新的感官冲击。

从他们的创作内容来看，十里洋场上海成为主要场景。作家用现代人的视角来观察、描绘上海，采用现代艺术的形式表达上海的城与人的关系。在他们的笔下，上海变成了一座千姿百态的万花筒，人们生活在其中，迎面而来的是喧嚣嘈杂的都市生活节奏。

从他们的写作技巧来看，突出使用了"新感觉"的手法。简单来说，不是外在环境原来是什么，而是写人所看到的、感到的、听到的、闻到的外在环境是怎样的。因为人的感觉是分离的，所以他们的小说读起来就显得一片一片的，在某种程度上像电影里面的镜头，一帧一帧地把画面变成文字展开给读者看。

穆时英的小说《夜总会里的五个人》就是这样一部典型的新感觉派小说。这篇小说的内容是写生活在上海的五个人，有破产的金子大王胡均益、失去了青春的交际花黄黛茜、失业的市政府秘书缪宗旦、失恋的女大学生郑萍，还有对人生产生了怀疑的季洁。他们在周末来到夜总会，希望通过舞厅中狂躁的气氛来发泄人生的苦恼，满足精神上的空虚。他们五个人人生失意，小说中说他们是"从生活上跌落下来"的人。他们在都市中遇到困境，没有人可以倾诉，也没有人可以安慰他们，于是他们共同来到夜总会中，在疯狂中寻找刺激。他们希望在夜晚的舞会中成为"五个快乐的人"，然而，舞会散场，胡均益开枪自杀，彻底摆脱了他的痛苦。而其他四个人在几天后参加完死者的葬礼，看到一列火车开过，看到"前面是一条悠长的，寥落的路……"小说最后写"辽远的城市，辽远的旅程啊！"尚在城市中生活的人，还要面对一条寂寞、悠长的道路，路途上是每个人都要遇到的痛苦和困难。

这部小说不仅在内容上关注了人们在城市生活的窘境，而且其技法也非常具有现代气息，比如小说中对于上海的街景是这样描写的：

红的街，绿的街，蓝的街，紫的街……强烈的色调化装着都市啊！霓虹灯跳跃着——五色的光潮，变化着的光潮，没有色的光潮——泛滥着光潮的天空，天空中有了酒，有了灯，有了高跟儿鞋，也有了钟……

请喝白马牌威士忌酒……吉士烟不伤吸者咽喉……

亚历山大鞋店，约翰生酒铺，拉萨罗烟商，德茜音乐铺，朱古力糖果铺，国泰大戏院，汉密而登旅社……

回旋着，永远回旋着的霓虹灯——

忽然霓虹灯固定了：

"皇后夜总会"

这一段描写写出上海夜晚五光十色的景色，使用的笔法不是直接描写，而好似是用电影镜头式的语言，一个画面接一个画面地展示给读者，先是霓虹灯，然后是各种各样的商店招牌，最后突然出现小说中五个人都要去的夜总会的招牌。这是一种现代主义的写作手法。

除此之外，新感觉派小说中还有作者有意地大量描写了人的意识，包括回忆、联想、闪念、梦幻、潜意识等等，来体现所谓的"新感觉"。这在穆时英的《南北极》《白金的女体塑像》等小说中都有体现，当然最成功的还是施蛰存的小说。施蛰存在小说中，把心理分析推上了一个新的高度，尤其是对心理分析手法的运用。

施蛰存有一篇小说《梅雨之夕》，情节非常简单，小说的主体是描述"我"在春夏之交雨天的感受。"我"是一位生活在上海的小职员，在一个春夏之交的下雨的傍晚，与一位不知姓名的少女"奇遇"。"我"用自己的伞护送少女回家，途中怕两人的熟人看见，心情一直在波动之中。雨停分手，"我"又有些惋惜，回到家中向妻子隐藏了自己晚归的原因。

小说中对"我"心理感受的描写非常细致，从看到少女的怦然心动，然后一直在内心想了十几分钟后才向对方提出用雨伞送她；在两人共同打一把雨伞的时候，心情更加波动，一方面担心被熟人看见，另外一方面内心又不断地想入非非；分手之后，又恋恋不舍回到家中，以至于敲门听到妻子的回答声音，竟然以为是少女在回答，开门才怅然若失地发现是自己的妻子。作者在写作这篇小说的时候，运用的是弗洛伊德的心理分析手法。作者巧妙地把人物内心的潜意识细腻地展现在小说中，间接地写出都市人内心的压抑和复杂。

四、都市文学中的市民感情：苍凉

沈从文在塑造了"优美、健康、自然而又不悖乎人性"的湘西世界同时，也一直在批判都市文明中人性的虚伪和病态。由于沈从文有一种先天的对都市文明的唾弃，他小说中的城市人都非常猥琐、伪善而做作。这是其文学趣味的喜好造成的，并且使得他没有办法写出更多都市生活中普通人的真实感情。

其实，从新感觉派的描写中，可以看出都市生活环境的复杂使得人们的感情不可能像乡下人那么淳朴或简单。施蛰存等人的小说对人性的描写非常深入，写出了普通人情感的压抑和复杂。之后，对都市人的内心情感挖掘更加深入的是张爱玲。

张爱玲的创作集中在 20 世纪 40 年代，她的小说中出现的城市主要是上海，小说人物也基本以上海人为主。当时上海作为中国的大都市，人们在感受到现代生活的同时，人和人之间的交往更加频繁，人性的复杂性也表现得更为透彻，张爱玲小说的主题一般来说就集中于此。

城市是产生诱惑的地方，而且这些诱惑更加动人，人往往无法抗拒地被卷入其中。可以说，城市中人性的堕落多在无可奈何之间。

张爱玲的小说有写传统人性因为金钱而受到戕害的，比如《金锁记》中的曹七巧因为金钱嫁给残疾丈夫，人性扭曲之后又开始折磨身边的人，甚至折磨自己的儿子和女儿。不过这篇小说写人性的堕落，从对读者的思想震撼力来说，远不如《沉香屑·第一炉香》。

《沉香屑·第一炉香》讲的是上海女学生葛薇龙到香港求学，因学费的问题求助姑母梁太太。而梁太太因为丈夫早逝，为了金钱已经成为周旋在男人中间的交际花。为了让薇龙当自己吸引男人的诱饵，梁太太便答应了她的请求，让薇龙搬进自己的家。

让葛薇龙没有想到的是，她的房间竟然已经准备好了一大橱华美的衣服，她"忍不住锁上了房门，偷偷地一件件试穿着"。虽然很快醒悟梁太太的意图，但内心的软弱使得她又难以抵挡诱惑，以至于晚上躺在床上还在不停地做着试新衣服的梦，最后睡梦之中，她对自己连说两遍"看看也好！"

沉迷在这样的日子中，葛薇龙很快被安排嫁给了一位游手好闲的青年乔琪乔。在梁太太和乔琪乔的设计下，她最终成为乔琪乔和梁太太谋取个人利益的工具，也就是堕落成为一个高级交际花或者说妓女。

这篇小说，作者用非常冷静的笔法，写一位单纯的女学生逐步地被物质财富诱惑，失去了道德而堕入罪恶的深渊之中。

假如说，人性堕落来自城市外在的诱惑，那么人与人之间会不会用感情来挽回呢？张爱玲在很多小说中都有回答：那就是情感其实并不值得期待和依靠。

最典型的小说是《倾城之恋》。故事发生在香港和上海。白流苏是上海人，经历了一次失败的婚姻后，身无分文，被自己的亲戚冷嘲热讽，他们希望白流苏赶紧找个人嫁出去，以便他们摆脱累赘和麻烦。白流苏看尽了世态炎凉，她偶然认识了英俊、单身又有钱的范柳原。白流苏于是从上海来到香港，想要获得范柳原的爱情，并与之结婚。不过，范柳原似乎并没有结婚的意思，只是把白流苏作为一个情人而已。白流苏原本以为自己输了，但在范柳原即将离开香港时，日军开始攻占香港，范柳原只好折回。在一座陷落的城市中，二人在患难之中成了夫妻。小说有一句话写道："香港的陷落成全了她。"

白流苏本来不可能成功的婚姻和爱情最后因为香港被"倾覆"而成功，小说里写两个人在战乱的夜晚突然明白他们能够"在一起和谐地活个十年八年"。这样的爱情结局对于读者来说，是悲剧还是喜剧呢？白流苏和范柳原最终的结局会是怎么样的呢？或许小说最后一句话说得最好，这是一个"说不尽的苍凉故事——不问也罢"。

苍凉——是张爱玲给现代人爱情的一个定位，也是人和人关系的一个定位。这种说法当然是悲剧性的。张爱玲的小说《留情》中也是这样写一对夫妻关系的。小说的女主人公敦凤第二次的婚姻对象是一位六十多岁的米先生，她给对方做第二个太太。小说里开篇写早晨起来，敦凤想到去杨太太家拜访，米先生想去看看自己患了重病的第一个妻子。小说围绕着在杨太太家里面，每个人的对话和心态展开，敦凤不情愿丈夫去看原来的妻子，但又不能表现得太过分；米先生挂念着自己患病的第一个妻子，又要讨第二个妻子敦凤的高兴。小说写米先生匆匆看过之后，匆匆赶来接敦凤回家。

在这个平淡的故事情节之后，小说描写了现代人感情的脆弱。在敦凤的第二次婚姻中，米先生给她幸福的生活条件，却不是完整的爱情。他们两人年龄相差非常大，敦凤对丈夫是不满意的。但是小说写到最后，两个人一起从杨太太家出来，接着写道："生在这世上，没有一样感情不是千疮百孔的，然而敦凤与米先生在回家的路上还是相爱着。"

这部小说的结尾对人性、感情的描写是非常深刻的。世界上，所有的感情可能都是不完美的，所以不能苛求对方和自己。敦凤和米先生的感情在某种程度上也不是那么真诚，但是作者意思非常明显，在回家这一刻他们互相依偎，他们是相爱的，虽然是暂时的。这也是张爱玲小说留给读者为数不多的温暖的亮色：人和人之间是无尽的苍凉，如果对方有一点真情流露，那么就应该十分地珍惜。

五、都市文学中的市民感情：烦恼

在中国城市化的进程中，20 世纪 80 年代及其之后是一个重要的发展时期。三四十年代的上海摩登岁月已经远逝，人们对都市生活的新奇从心理上已经平淡了下来，动荡的时局变成安定的生活，每天按部就班，生活逐渐规律化。

在平淡的生活中，人们不用担心自己朝不保夕，不用担心遇到巨大的时代变故，每天围绕自己的仅是一日三餐、朝九晚五的工作、按时来到的周末休息。人们心情有变得轻松吗，人们的心情有变得更加快乐吗？小说家的回答是否定的。80 年代中后期的池莉、刘震云告诉读者：稳定的生活让人们产生的感情就是烦恼，无穷无尽的、琐碎的烦恼。

池莉的小说《烦恼人生》发表于 1987 年，小说的内容就和小说的题目一样，就是写一个普通工人一天遇到的各种各样的烦恼。故事发生在武汉，这是一个位于长江沿岸的工业城市。主人公印家厚是一位钢铁厂工人，他们一家三口住在一个狭小的房间里，故事从天还没亮开始，因为儿子从过于狭窄的小床上掉下来了；清晨起来，他和儿子要为上厕所和洗漱而匆忙排队；上班途中，要先带着儿子坐上拥挤的公共汽车到江边，然后坐上渡船到江对岸的工厂去上班，儿子去上工厂里面的幼儿园。上班时，发现今年本应轮到自己的一等奖金，被莫名其妙地取消了；中午吃饭，买来的菜里居然有条肥肥的虫子；想报考电大读书，却又受到领导的阻挠；想到自己的初恋女友，以及必须回避的女徒弟雅丽的感情……下班后带着儿子又一次坐渡船、公共汽车回到家中；晚上，当他疲惫地躺到床上时，已是深夜十一点三十六分了。回想一天遇到的各种事情，印家厚对自己说："你现在所经历的这一切都是梦，你在做一个很长的梦，醒来之后其实一切都不是这样的。"

小说的语言非常朴实，写出了一个工人再普通不过的一天生活。没有遇到让人激动的事情，主角也不是伟大的英雄，他是和读者一样的普通人。在渡船上，同船的朋友提到当时有一首题为"生活"的小诗，只有一个字——"网"。印家厚和周围其他人都有所触动意识到自己也是这张大网中的一个。这是主人公的真实处境的写照，印家厚真的就是生活的大网之中，而且船上其他朋友的拍手叫好，也说明每个人都意识到自己就是这个大网中的一个。

被身边无尽的事情所网、所拘束，人们自然是处于困境之中。人们在都市生活中没有可能摆脱这个生存的困境，因此内心必然有着无尽的人生烦恼。

1991年刘震云在一篇小说《一地鸡毛》中更加直接地告诉读者，生活就是鸡毛蒜皮式的让人烦恼的琐事。

《一地鸡毛》的故事发生在北京。小说的主人公小林和妻子都是大学毕业之后留在北京的政府单位工作。每天按时上班下班，刚工作时因为交通不方便，妻子只能每天挤四个小时的公共汽车上下班；因为住的房子不好，只能和别的人家合居。

小说情节没有什么大事，都是一些小事。一开始就写"小林家的一斤豆腐变馊了"所引起的家庭矛盾。因为小林为了买到比较好的豆腐，早上六点就去排队，买到豆腐后时间就来不及了，匆匆忙忙上班时忘记把豆腐放进冰箱。结果下午回来，妻子发现豆腐变坏了，就埋怨小林，夫妻因此吵架了。

在小说之后的叙述中，小林身边的琐事越来越多，人与人之间的是是非非层出不穷，让小林难以应付。小说最后写小林梦到自己睡在一地鸡毛上面，虽然梦境不好，但是醒来之后，小林依然去排队买豆腐了。

这部小说真实地描述了大多数中国人在 20 世纪八九十年代的日常生活和生存状态。每个人都是忙忙碌碌，养家糊口，为自己和家人而每天经历着各种各样的烦恼。这是城市给人们的印象，在小说中真实地得到了反映。

六、都市生活的新人类

关于当代大都市的人群，除了池莉和刘震云写的普通的工薪阶层之外，还有一些中产阶层，就是出入酒吧、夜总会、写字楼的人士。邱华栋在 20 世纪 90 年代写的《时装人》《公关人》《直销人》系列的短篇小说，描写的对象就是这些人物。邱华栋在这一类的小说中，描写的虽然是北京，但是已经完全不是老舍小说中的老北京，也不是王朔小说中的北京大院。邱华栋小说中的场所是富丽堂皇的宾馆和写字楼、光怪陆离的卡拉 OK 厅和舞厅酒吧、嘈杂混乱的人流、午夜的街道、高耸而又冷酷的公寓等等。小说中的人物是一群新兴的中产阶层、艺术家和新兴市民，他们在这些场所追逐欲望、释放激情，但是每个人又满怀时代焦虑。这是一个时代的写照。

因为 20 世纪 90 年代以来，中国的城市化进程越来越快，越来越多的人进入城市生活。创业也好，做工也好，经商也罢，每个中国人在 90 年代中国的市场经济发展大潮中都难以保持冷静的心态。对财富的渴望，是当时很多城市人的心理，但是这又让他们陷入更深的焦虑和空虚之中。

城市开始重新塑造年青一代的价值观、世界观和人生观。尤其关键的是，改革开放之后在城市中出生、长大的人们开始写作，他们出生时就是中国城市化迅速展开的时刻，他们从小就生长在城市之中，完全没有关于乡村的回忆，他们的回忆以及他们创作的材料就是城市生活。可以说，这才是中国当代文学中全新的都市文学。因为他们的创作和之前的作家立场不一样，他们可以被称为都市生活的新人类。他们中的一些作家，有时候也被称为"70后作家"和"80后作家"。

"70后作家"就是20世纪70年代出生的作家，他们开始登上文学舞台是2000年前后，代表人物有安妮宝贝、卫慧和冯唐。安妮宝贝的文学语言较为唯美，主要以流浪、宿命、漂泊为题材，描写现代都市人的生活及精神状况。卫慧的《上海宝贝》对都市写作具有颠覆性，这部小说把笔触放在对城市边缘人的描写上，以女性主人公第一人称叙述故事，讲述了她和德国男友和中国男友的恋情。在出版之后就引起社会的争议。

"80后作家"就是20世纪80年代出生的作家，他们是把商业和文学结合得最成功的一代作家，代表人物有韩寒和郭敬明。他们的作品基本内容就是青春，定位是迎合青少年的心态。无论是韩寒的《三重门》，还是郭敬明的《小时代》，主题都是当代中国青少年的内心写照，或者是对学校成绩感到压抑，或者是对青春、对未来的遐想。而且，"80后作家"在2000年之后开始写作并出版作品，这个时候也正是中国文学开始大规模商业操作的时代。青春题材和商业操作，使得他们在青少年读者中受众较广，这成为中国都市文学在21世纪给读者留下的一个有趣的现象。

总体来说，都市文学创作的新人类，都有一个共同的倾向：把感情物质化，作品中有意无意地展露出人们对金钱、财富的追求和欲望，揭露在都市各种压力下人们病态的生存状态。

第九讲

散文与戏剧的历史发展

一、现代汉语散文发展概况

散文是现代汉语文学的主要文体形式之一。一般来说，散文就是文艺散文。现代汉语散文主要有两个特征值得注意。第一，散文的形式是自由的，题材多样，篇幅可长可短。第二，散文取材广泛，基本的要求是抒发自己的真情实感，内容也多是作者自己的所见所闻、所感所想。

在中国古代，散文是和韵文对应的一种文学形式，也有很多杰作。中国古代文学史上常把这些散文称为"古文"，有"唐宋八大家"等古代散文名家。

1917 年之后，在现代汉语文学的发生期，中国现代作家借鉴学习欧美等国的现代散文文学形式，同时又继承了中国的"古文"传统，从而创立了现代散文的文学形式。和小说、诗歌、戏剧等文体比起来，现代散文对中国古代文学的继承会更多一些。

这正如 20 世纪 20 年代周作人所说的，当时的散文小品虽然是五四运动以后新出现的，但实在是"古已有之"，不过现在重新发达起来罢了。当然，由于借鉴了外国散文的新形式，新的现代汉语散文好像是一条湮没在沙土下的河水，多少年后又在下游被掘了出来，这是一条古河，却又是新的。

现代散文形式自由，作者多是有感而发，写起来难度比较小，所以除了一些专门的散文作家之外，几乎所有的小说家、诗人都会写一些散文来抒发感情、表达思想。

在 20 世纪 20 年代到 40 年代的文学发展中，散文取得了非常大的成就。首先，出现了大量经典的叙述性散文作品。其中朱自清、鲁迅等人的回忆性散文都是经典之作。其次，出现了不少抒情性的散文作品。朱自清的写景抒情散文、冰心的抒情散文都是值得阅读的作品。最后，议论性的散文形式非常丰富。周作人、林语堂等散文家以写作带有闲适、幽默性质的小品文著名，而以鲁迅为代表的作家则创作了大量带有批判性的杂文。这些都能够让读者在阅读中得到不小的收获。

在 20 世纪 50 年代之后，散文的发展进入一个新时期，出现了散文创作的一个高峰。杨朔等散文作家创作了不少耳熟能详的散文作品，这些作品大多具有鲜明的时代性。在此之后，很多散文作家还提出散文要具有"形散神不散"的特点，意思是散文的形式是自由的，作者在写的时候可以自由选择材料，结构也是自由的，不过散文却要有一个中心思想。这个中心思想可以是具体的感情，也可以是具体的思想。

在 20 世纪 80 年代之后，中国散文的发展进入更加繁荣的局面。一方面，散文的形式更加自由，作者常常从自己的身边小事写起，写自己的感悟或者思想，而且不一定会有一个明确的中心思想。这样的散文形式更加多样，内容更加丰富。另一方面，散文的题材也更加类型化、多样化。有回忆性的散文，写自己对时代、对青春的记忆，这些作家大多年事已高，更能写出人生的感悟；有地域性的散文，作者常写自己生活过的地方，写山写水，写风土人情，很有趣味；也有其他类型的散文，以及在某一类型的散文创作上形成自己特色的散文家，例如史铁生的感悟生命、冥思个体生存的散文，刘亮程的渲染乡土风景、风物的散文，等等。

二、冰心和朱自清的散文

在 20 世纪 20 年代，冰心和朱自清的散文是较早出现的现代汉语散文。冰心的散文主题主要集中在"爱"上，具体来说，包括赞美母爱、童心和自然。她的代表作有散文集《寄小读者》等。

冰心散文的语言感情浓烈，表现出对儿童的关心和热爱。在文中，她常常从自己的家庭、朋友谈起，说自己小时候的感情，叮嘱孩子们要对家人朋友有关怀之情。在这些文章中，冰心还希望小朋友们具有同情和爱，关爱大自然的一草一木，她曾说过："我爱自己，也爱雏鸟，我爱我的双亲，我也爱雏鸟的双亲！"这是一种崇高的爱，也是中华传统文化在现代社会的继承和发展。

朱自清的散文有记叙和抒情描写两种写作模式。朱自清的代表作《背影》一直被人们传诵至今。《背影》情感真挚，写出了父亲对儿子的深情，也写出了儿子对父亲的思念。父亲的"背影"成为文章的关键形象，一共出现了四次，前后呼应，让读者在阅读中逐步体会到浓浓的舐犊深情。此外，这篇散文具有开创性的文化意义——它塑造了一位现代文化中的父亲形象。在旧文化中，儿子心目中的父亲形象往往是高大的、严厉的、可敬的，父子之间的关系更多的是传统的孝道文化。《背影》这篇散文塑造了一位事业失败、晚景惨淡的父亲形象，这里的父亲是有缺点的，不是高大的。但是，《背影》中的父亲恰恰是一位真实的父亲，是现代社会中一个普通的老年人形象。读者通过父亲照看"我"坐火车的事情，以及拖着肥胖的身子去买橘子的故事，尤其能体会到感人的父子深情。《背影》让读者能够从文中的父亲的"影子"想到自己的父亲，具有移情的阅读效果。

朱自清的散文还善于写景抒情。《春》用生动的笔触写春天的景色，描绘鲜花、青草，表达了人们在春天时的喜悦之情；《匆匆》用排比的句式写出了时间的流逝，活泼的语言表达了对时间的珍惜之情；《荷塘月色》对夜色下的池塘景物描写细致，用了多种修辞方法写荷花、写荷叶，此外，流水一样的月色、杨柳的树影都在读者心中留下一种意犹未尽的美感。

三、鲁迅的散文

鲁迅的散文也多是佳作。其中《朝花夕拾》原名为"旧事重提"，是一部记事写人的散文集，收了10篇回忆早年的文章。鲁迅从青少年写起，有怀念自己保姆"阿长"的《阿长与〈山海经〉》，有记述自己童年和少年私塾读书生活的《从百草园到三味书屋》，还有回忆因自己父亲生病而家道中落的《父亲的病》，《藤野先生》还记述了自己国外留学时弃医从文的经历。鲁迅的回忆散文，写自己曾经的人生经历，同时也有描写、抒情和议论，具有诗情画意。这些散文还给读者塑造了很多经典的人物形象，比如童年时期陪伴孩子的阿长，还有"三味书屋"中的寿镜吾先生，以及留学日本遇到的严谨又关爱学生的藤野先生等。

鲁迅的散文集《野草》不仅具有抒情散文的特征，还具有鲜明的个性审美特征。《野草》集里面的散文形式多样，虽然篇幅都不太长，但都是作者发自内心的表达。从阅读的感受来看，《野草》比较难理解，很多文章都是作者自己有感而发，而且鲁迅在写作的时候多使用比喻、夸张等修辞手法，多用梦境、幻境等方式来写，常带有象征主义的手法。比如《秋夜》中，用两棵枣树直立夜空的形象，赞美不屈的战士与"夜空"一样的黑暗社会进行斗争。这些散文更接近鲁迅的内心，里面很多语句都值得喜爱文学的读者一读再读。

鲁迅的散文成就还集中体现在他的杂文创作上。所谓杂文，是一种直接迅速反映社会现实的文艺论文。这里的意思是杂文主要针对现实问题来写作，同时又带有评论性、批评性、论战性的特点。鲁迅有 16 部杂文集，这些杂文内容非常广泛。鲁迅早期的杂文多是对旧文化的批判和反思，比如对国民性弱点的批判等都有深刻的文化含义；鲁迅中后期的杂文多是具有论战性的论文，里面有很多对当时文化现象的批判。鲁迅认为杂文"必须是匕首，是投枪，能和读者一同杀出一条生存的血路的东西"（《小品文的危机》），篇幅短小精悍，言辞犀利，论辩与战斗性结合在一起。

四、周作人、梁实秋、林语堂等人的散文

在现代散文创作中，还有一些作家主张散文要写出趣味、幽默的特色来。周作人的散文就是以趣味取胜。如他的《故乡的野菜》就是如此。文章中先从北京的荠

菜，想到自己小时候浙江老家的野菜，然后再把故乡的野菜一一道来。描绘的虽然是野菜的样貌，记述的却是自己童年的回忆，让读者在感受到故乡的风俗人情之余，又感受到作者那种淡淡的乡愁。周作人的散文语言平淡，行文非常自由，常常让人感到没有什么中心。他追求一种"冲淡"的情绪，在很多散文作品中都可以看出这种特点。

在20世纪30年代之后，梁实秋和林语堂提出要借鉴外国的"幽默"式的小品文，这是第一次把"幽默"带入现代汉语文学世界。他们希望自己的散文也能够带上这种机智的、带有一点自嘲或者善意讽刺的风格。梁实秋的散文集《雅舍小品》深受读者喜爱，在短小的篇幅中，作者谈天说地，很多典故都能信手拈来。他的很多散文又写了很多我们常见的生活场景，像《握手》《理发》《洗澡》等文章就是如此。人生百味，生活的苦辣酸甜在幽默的语调中让读者会心一笑，但是读者掩卷而思，又有别样的启发。

林语堂的作品更能体现出"小品文"的特征。他曾认为散文作家要"以自我为中心，以闲适为格调"，因此他的散文内容范围更广泛一些，具有一种洒脱的心态，对世间的人和事都能在闲谈中给以评价，让读者收获别样的感觉。

此外，丰子恺的散文也多是写普通人的生活小事，常带有对人生的思考，兼有生活的情趣。他的代表作有《缘缘堂随笔》等散文集。

五、杨朔的散文

20世纪50年代，散文创作最具代表性的作家是杨朔、秦牧、刘白羽等人。这一时期是中华人民共和国的建设时期，百废待兴，文学和时代的关系非常密切。散文作品具有很强的鼓舞作用，因此散文作家也具有强烈的时代责任感。

杨朔的散文多有一个固定的写作模式：一般是在开头写景物，然后用比喻或者象征手法来引出文章的中心思想，这是一种托物寄情的写作方法。此外，他的散文还常常使用欲扬先抑的手法，也就是先说一个东西的不好，然后再说它的好处。这两种方法就构成了杨朔散文的写作模式。

我们可以《荔枝蜜》为例来看这两种方法的运用。杨朔先在文章的开头写自己不喜欢蜜蜂，因为曾经被蜜蜂蜇过。然后在正文中，写自己来到了广东的从化，虽然在春天没有吃上荔枝，却喝到了荔枝蜜。香甜的荔枝蜜让作者想要看一下蜜蜂。作者来到养蜂场看到蜜蜂，又不禁感叹蜜蜂的辛劳。最后，笔锋一转，又写田野中劳作的农民的辛劳更值得赞美。

这篇《荔枝蜜》用蜜蜂的酿蜜象征农民的辛劳，赞美了农民的伟大，这是托物寄情的方法；先写不喜欢蜜蜂，后面却又写自己开始发现蜜蜂的伟大，这是欲扬先抑的方法。这两种方法使得杨朔散文的结构很巧妙，行文很曲折，结尾又常用篇末点题，这使得中心思想更加鲜明，让读者能够自然而然地接受文章中的感情。

六、汪曾祺的散文

在 20 世纪 80 年代之后，汪曾祺的散文创作非常有特色。读汪曾祺的散文，才会真正体会到散文的"散"。也就是说，汪曾祺的散文结构非常自然，很多文章都像作者在自说自话，平淡自然，好像一位老人在给读者讲家常故事。读者读完之后，好像也感觉不到有什么中心思想，但是又觉得非常有趣。

比如汪曾祺的散文《苦瓜是瓜吗?》，首先写小孙女认为苦瓜不是瓜，其次说起苦瓜的另外一个名字叫"癞葡萄"，接着讲起自己小时候读书看画的经历，以及在昆明读书的时候第一次吃到苦瓜的事情，还说起现在北京也吃到了南方人吃的苦瓜，最后突然结合苦瓜的故事，说起文学创作的几个问题。这篇散文很难说有一个明确的主题，不过读者却在读的时候体会了散文的趣味。

汪曾祺有《人间草木》等散文集，内容非常广泛，有些是写自己曾经的朋友的故事，有些是写过去曾经吃过的美食，有些是写自己曾经的趣事，有些是写各地的风土人情、典故逸闻。

汪曾祺非常讲究语言的美，他的散文语言也是如此。比如《枸杞》的开头几句说："采摘枸杞的嫩头，略焯过，切碎，与香干丁同拌，浇酱油醋香油；或入油锅爆炒，皆极清香。"这些小短句就是汪曾祺散文语言的特色之一，他的语言很少有主、谓、宾和定、状、补都齐全的长句子。再如《葡萄月令》一文中说："六月，浇水、喷药、打条、掐须。"简短的词语并列，就写出了主人公在六月忙于管理葡萄秧苗的活动，同时又带有汉语的节奏美。

此外，汪曾祺的散文语言还常常在现代汉语中巧妙地加上一些书面词汇，具有古典美。比如《家常酒菜》中说："偶有客来，酒渴思饮。主人卷袖下厨，一面切葱姜，调佐料，一面仍可陪客人聊天，显得从容不迫，若无其事，方有意思。"这两句话，夹杂了几个成语，同时又巧妙地使用一些四字词语，让读者读出文言的美感来。

七、余秋雨、史铁生、刘亮程、李娟的散文

在 20 世纪 90 年代之后，出现了"文化散文"的潮流。这其中的代表作家就是余秋雨，他的代表作是散文集《文化苦旅》。这些散文在当时影响很大，其中的《都江堰》《道士塔》《黄州突围》《风雨天一阁》等文都是佳作。

《文化苦旅》以作者的"旅行"为线索，常常是在对中国的名胜古迹的历史故事感叹中写成散文。看到的是名胜古迹，想到的是古代先人，追思的是中华文化的兴衰，最后反思的是中国历久弥新的文化精神。

以《都江堰》为例，作者写自己游览四川成都的都江堰，在亲身体验了都江堰

的古迹之后，作者感叹中国古人的伟大创造。在文章结尾还以长城来对照，说都江堰在今天依然发挥着水利工程的作用。作者赞美都江堰"永久性地灌溉了中华民族"，让读者体会到以造福苍生为目的，才是中华文化精神的精髓所在。

余秋雨的散文语言具有文人散文的气质，多用排比、比喻等修辞方法。散文语词华美，而且具有一定深度。比如在写到都江堰的江水时，说："即便是站在海边礁石上，也没有像这里强烈地领受到水的魅力。海水是雍容大度的聚会，聚会得太多太深，茫茫一片，让人忘记它是切切实实的水，可掬可捧的水。这里的水却不同，要说多也不算太多，但股股叠叠都精神焕发，合在一起比赛着飞奔的力量，踊跃着喧嚣的生命。"这样的句子结构复杂，有很多的层次与修辞结构，语词也显得繁复，但是，这种语言风格恰恰表现出了一种文采飞扬的美感。

史铁生因为自己成年之后患病，只能一直坐在轮椅上生活。这样的人生经历使得他的散文作品具有了深刻的生命感悟，这是一般作家无法体会的。

在史铁生的散文作品中，最经典的代表作是《我与地坛》。这篇散文开头写"我"作为一个残疾青年常常摇着轮椅走进地坛，在地坛中思考了人生的死亡问题。文中记述了母亲对自己的爱和关怀，讲述了身边各种普通人的命运和遭遇，还反思了写作和生命存在价值之间的关系问题。初读起来，读者感到作者好像写得太庞杂。其实，结合史铁生的人生遭遇，《我与地坛》主要写了"人的生命"的问题：生命有一个尽头，但是人要考虑的却是要怎么好好活着的问题；人生会遇到痛苦，那么就要像自己母亲一样坚韧，勇于面对不同的人生遭遇；一个人会死去，但是人类的精神会传承下去，所以"我"希望用写作让自己的精神获得永恒的延续。

和其他作家比起来，史铁生散文的价值就在于对人生、对生命的思考。他把自己身体的痛苦和精神痛苦留在作品中，但是他又不是抱怨命运的不公平，而是反思人生的意义和价值是什么。他的作品常常强调亲人，尤其是母亲对自己的爱，表现了人间的温情；他的作品也常常反思人要怎样活着才是有意义的，这对每一位读者都是非常有启发的。

刘亮程生活在新疆，他的散文集《一个人的村庄》主要写自己生活过的一个小乡村的一草一木，带有鲜明的地域特色。

这些散文都写一个叫"黄沙梁"的小村庄。这是一个靠近沙漠的地方，作者在散文中写村子里面的人，也写村子里面的马、狗、猫甚至蚂蚁等动物，还写村子里面的树、风、土墙等事物。对于城市的人来说，这些事情毫无意义，但是对于作者，他却"一直庆幸自己没有离开这个村庄，没有把时间和精力白白耗费在另一片土地上"，他留在了家乡，也"留住了自己"（《住多久才算是家》）。

也就是说，在简单的生活中，他发现了人和自然之间亲密的关系。现代人已经忽视的身边的很多东西，在作者笔下却有了不一样的趣味。《两窝蚂蚁》写自己想要把家里的蚂蚁赶跑，自作聪明后却毫无作用。《狗这一辈子》写村子里狗的各种故事和经历，最后又写会有一只看着村里人的狗，看尽"陈事旧影"却从来默不作声。让读者不禁感叹人生有长有短，但是狗的叫声却好像是夜晚村子永远的主角。

李娟也是一位新疆作家。她的散文集《阿勒泰的角落》《我的阿勒泰》《冬牧场》等都是写新疆牧场的风土人情。

在她的散文中，一方面体现出女性作家特有的细致情感。比如在她的散文中，很多次都出现了母亲的身影，母爱与自己对母亲的爱交织在一起。另一方面，她写出了草原游牧生活的简朴和幸福。住在四面透风的房子中，看到的却是天高草阔的自然，这样的生活让读者产生更加新奇的体验。

李娟的散文写游牧生活，写大草原的美丽，写草原上人们的善良和朴实，也写人和自然之间的亲密关系。这种散文写作也是现代城市的读者所热切向往的，值得一读再读。

八、现代汉语文学戏剧发展概况

广义的戏剧包括歌剧、舞剧、戏曲、话剧等。中国古代一直有戏曲的形式，这是配乐演唱的戏剧。而在中国现当代文学的范畴中，狭义的戏剧是指来自外国的话剧。

话剧，不同于传统的京剧等中国传统戏曲形式，顾名思义就是以人物的对话、独白为主，在舞台上只以人物说话来表演、表现故事情节和人物形象。因为话剧是舞台表演，它有时间限制，一般在 2 个小时左右，演员必须要在很短的时间把几天、几年甚至几十年的故事讲清楚，所以，话剧的情节冲突一般都非常紧张、激烈。此外，话剧一般是分幕、分场表演。一幕是指舞台大幕拉开后到合上的一次表演，多是一个较长的时间段；场是较短时间的表演片段，一般人物上下场、布景稍微变化都可以是一场。一幕常可以分为几场。

在 20 世纪最初的几年，一些年轻的在国外留学的中国学生认为有必要借鉴外国的"新剧"（又被称为"文明戏"）。1907 年，在日本东京，一批中国留日学生组织的"春柳社"演出了法国作家小仲马的《茶花女》，还演出了由美国作家斯托夫人的小说《汤姆叔叔的小屋》改编的话剧《黑奴吁天录》。这些表演基本确定了中国现代戏剧的表演形式，成为后世话剧的基本形式。

五四运动之后，当时的新文学对社会问题非常看重，挪威剧作家易卜生的《玩偶之家》被介绍进入中国社会，引起人们对女性独立、男女平等问题的关注。1919 年胡适的独幕剧《终身大事》写婚姻问题，也引起过人们的注意。此后的 20 世纪 20 年代还有田汉的《名优之死》、郭沫若的《三个叛逆的女性》、丁西林的《一只马蜂》等，都是当时著名的剧作。

在 20 世纪 30 年代，话剧的代表作是曹禺的《雷雨》《日出》《原野》等。这些作品的出现标志着中国戏剧创作的成熟。20 世纪 50 年代之后，也出现了不少优秀话剧作品，比如老舍的《茶馆》和《龙须沟》，郭沫若的《蔡文姬》，田汉的《关汉卿》等作品。

在 20 世纪 80 年代改革开放之后，中国话剧进入了一个实验剧的时期。当时的一些剧作家不满足传统的戏剧舞台形式，引入了很多新的表现方法，进行新的尝试。在戏剧舞台上，打破了时间和空间的限制，大胆使用幻觉、荒诞的表现方法，让观众领略到不一样的舞台效果。

九、曹禺、老舍的戏剧创作

1934 年 7 月，只有 24 岁的曹禺发表了《雷雨》。迄今为止，《雷雨》依然是中国现当代文学中最著名、最经典的戏剧作品。

《雷雨》共四幕，故事时间是 1925 年前后，地点是天津的周公馆。周公馆的主人是周朴园，繁漪是他现在的妻子，周萍是他的长子，也是第一位妻子所生的，周冲是他的小儿子。鲁贵是周公馆的管家，他的女儿四凤也在这里做女仆。

第一幕是在夏日的上午，鲁贵在和四凤的对话中，知道了四凤正在和周萍恋爱，而周萍却在以前曾经和自己的后母繁漪有过感情的纠缠。而在舞台上周萍也在躲避着繁漪的责问。第二幕是在夏日的午后，周萍拒绝了繁漪的追求。而四凤的母亲鲁侍萍也来到周家要带四凤回家。但是在舞台上，鲁侍萍却无意中见到了周朴园。原来鲁侍萍是周朴园三十年前的爱人，周萍就是鲁侍萍生的孩子。当时为了迎娶一个门当户对的女人，鲁侍萍被赶出了周家，人们以为她死了，但是她其实流落在外很多年。鲁侍萍哀叹命运的不公平，带着四凤离开周家。第三幕是在晚上的鲁家，鲁侍萍要求四凤不要再和周家的人有关系，但是周萍却赶来相会，被四凤的哥哥鲁大海赶走。第四幕是在午夜两点的周家，四凤和周萍要私奔，结果被鲁侍萍阻拦，繁漪和周朴园也都来到现场。四凤和周萍原来是同母异父的兄妹，真相大白后，周萍自杀了，四凤在雷雨时跑到花园触电身亡，周冲赶去救人时也触电死了。在这部戏的尾声部分，繁漪和鲁侍萍都变成了疯子，周朴园忏悔了并开始照顾她们，周公馆也变成了一个慈善医院。

这部剧的经典之处首先是在形式上，把三十年的故事在不到一天的时间讲完，人物之间的冲突高度集中，故事激动而又紧张。在舞台表演时，观众会被曲折的情节所吸引，同时又会沉醉在演员的台词之中，最后又会被悲剧的结尾所震撼。可以说，《雷雨》满足了经典悲剧所需要的全部形式要求。

其次，《雷雨》还塑造了很多精彩的人物形象。比如虚伪的周朴园，在故事中他似乎每天都为鲁侍萍忏悔，房间保持着以前的样子，旧衣服还依然保留，他甚至还想为鲁侍萍修墓立碑。但是，当发现鲁侍萍没有死，站在自己面前时，他竟然严厉地问"你来干什么？""谁指使你来的？"再如繁漪，她是一个追求爱情的女人。她嫁给一个自己不爱的人，后来爱上了一个不该爱的周萍，她是周萍的后母。这中间的爱情、个性、道德、责任、家庭等关系纠缠在一起，使得她的台词更具有戏剧性。她说自己"爱起你来像一团火""恨起你来也会像一团火"，这是一个性格鲜明的女性形象。

当然，《雷雨》中有很多巧合让曹禺后来说写得太像戏了。在1936年曹禺又发表了一部结构比较自然的话剧《日出》。这部戏塑造了交际花陈白露的形象，以她为中心，展现了城市中上层社会的奢侈、罪恶的生活，同时也展现了下层人的悲惨生活，表达了一种对社会不公的批判。

曹禺在1937年发表的《原野》则借用了现代主义的表现手法，讲述了一个复仇的命运悲剧。在1940年创作的《北京人》以一个大家庭曾家为中心，塑造了曾家三代人的形象，表现了历史前进中的光明与黑暗等冲突。

曹禺早期的戏剧冲突的设计以及人物关系的设定都受到外国戏剧的影响。比如

《雷雨》的故事时间限定在一天之内，这就是对古希腊悲剧模式的延续。

曹禺戏剧的语言具有动作性，即人物在说话的时候，观众可以发现人物的内心变化，也可以从中了解剧情的发展。这样能让观众在对话中把前后故事情节串联起来。曹禺戏剧的语言还具有中国传统文学的感染力，人物语言很多具有诗意。比如《雷雨》中繁漪的独白，就是一首感情浓郁的抒情诗歌，表现出女性对爱的渴望、对命运的抗争。

老舍是一位小说家，他在 20 世纪 50 年代主要创作的是戏剧。1950 年老舍创作了反映北京城市新面貌的话剧《龙须沟》，1956 年创作了反映半个世纪历史变迁的话剧《茶馆》。《茶馆》是老舍的戏剧代表作，也是中国当代文学的经典剧作之一。

《茶馆》是三幕话剧，故事时间分别展示了戊戌变法时期、军阀混战时期、中华人民共和国成立前夕等三个时期。故事发生的地点是一个叫作"裕泰"的茶馆，故事的主要人物有三位，包括茶馆老板王利发，立志做生意、办企业的秦二爷，正义敢言的常四爷。这三位人物从第一幕一直到第三幕都出场了，前后 50 年的时间，从青壮年到老年，三位人物走完了人物的悲剧历程。

茶馆是一个特殊的场所，是一个人来人往的小社会，老舍就用三位主角串联起50 年的故事。其他人物先后出现的有近 50 人，形形色色的人都在舞台展示自己的身份。这些人中有清朝时期的太监、信仰洋教的教士、卖儿卖女的农民、乞讨要饭的乞丐、街市上的流氓和打手、密探或警察、混口饭吃的算命先生等。有些角色甚至在舞台上只说一句话就下台了，有些角色则父子相替，在不同时间做着类似的事情。

这部戏剧的特色就在于展现了广阔的历史时间，也展现了老北京社会的方方面面。每位角色说的话、做的动作都符合他（她）的身份，常常"三言五语就勾出一个人物形象的轮廓来"（老舍《对话浅论》）。观众能够通过几句对话洞察人物的性格，并对时代的变迁有深刻的认识。

　　此外，《茶馆》还具有"京味"。一方面，舞台上的人物说的都是直白的北京话，让观众能够直接体会"京味"的魅力；另一方面，舞台的场景、人物的衣着、人物的行为等都带有老北京城的风俗人情。因此《茶馆》一直是喜爱北京文化的观众必看的一部话剧。

第十讲

通俗文学、网络文学和科幻小说

一、20世纪初通俗文学和新文学的争论

通俗文学，一般是指以满足大众读者消遣娱乐为主要目的的文学作品，所以通俗文学作品具有通俗化、大众化的特点，又被泛称为"大众文学"和"俗文学"等。通俗文学是和高雅文学、纯文学相对应的一种说法。

在现代汉语文学的发展历史中，通俗文学曾经长期受到冷遇。在20世纪80年代之前，通俗文学一直被认为不属于现当代文学体系，并被认为是没有文学价值的，只是供大众消遣娱乐的一种文学形式。随着社会环境的变迁和人们的文学观念的变化，最近二三十年，经过研究者的大力提倡，通俗文学的价值重新得到评估，一些重要的通俗作家也进入中国现当代文学史中。

为什么会出现这样的现象呢？这要从1919年前后中国现代文学诞生时发生的一次通俗文化和新文学的争论说起。

在1840年鸦片战争之后，中国进入近代社会。清朝作为最后一个封建专制王朝，逐渐衰落。历史学家把截至1911年辛亥革命之前的这段时期，称为晚清。当时社会局面动荡，人们对皇帝和王朝渐渐失去信心，而新的外国事物、思想文化也开始进入中国。当时一些希望进步的有识之士，借鉴英美、日本的经验，希望能用通俗易懂的文学样式来向普通人宣传现代的知识和思想，从而更新中国人的观念，促成政治改革和社会进步。

1902年，在《论小说与群治之关系》这篇著名的文章里，梁启超提出了"今日欲改良群治，必自小说界革命始，欲新民，必自新小说始"的口号。梁启超的意思就是要改良当时的政治，必定要从小说界的革命开始；要想让人们的思想焕然一新，必定要从人们阅读新的小说开始。而且在具体的方法上，梁启超还提出了小说"浅而易解""乐而多趣"的特点，即小说应意思简单，容易明白，让人快乐而且内容非常有趣。这样的主张提出来之后，对当时的小说家来说，是很有启发的。小说就

是要让普通读者来读，而且目的是让人在快乐阅读中推进社会的进步。

在晚清的小说中，四大谴责小说最有名，这四部作品都发表或者出版于1903年前后，分别是李伯元的《官场现形记》、吴趼人的《二十年目睹之怪现状》、刘鹗的《老残游记》、曾朴的《孽海花》。这四部小说批判性地描写了当时社会的黑暗现实，语言通俗易懂，在某种程度上和梁启超的小说界革命是呼应的。

但是这些谴责小说也有一些负面作用，小说中对社会黑暗面的描写，迎合了当时城市市民的阅读趣味，反而让读者对黑暗面津津乐道，使作品失去原有的讽刺流弊、匡正世风的作用。这些小说商业上的畅销，吸引了其他作家纷纷仿作，影响极坏，使得通俗文学偏离了梁启超提倡的进步倾向。

在当时的上海，有一类文学期刊定位就是满足市民阶层的消遣娱乐，其中最著名的是1914年创刊的《礼拜六》，上面登载的小说多是一些生离死别、卿卿我我的男女情感小说，编者认为这样的小说能够让忙碌了一周的人在星期六休息的时候消遣娱乐。甚至还提出"一编在手，万虑都忘，劳瘁一周，安闲此日，不亦快哉"，意思就是，读者拿到一册《礼拜六》，就会忘记所有的忧虑，忙碌了一周之后，在周末能够休息消遣，是多么的快乐！从这里可以看到，这些通俗作家把小说的作用定位为娱乐。

为了吸引读者，写这些通俗作品的作家往往就会虚构、渲染一些稀奇古怪或者缠绵悱恻的爱情故事来吸引读者，因为作家经常把故事中才子佳人式的男女情人比喻成鸳鸯或蝴蝶，所以写作这类小说的作家又被称为"鸳鸯蝴蝶派"。当然，言情之外，还有一些小说内容涉及社会黑幕故事、家庭纷争、武侠传奇、神怪传说、侦探悬疑等各个方面，这都是当时读者喜爱的通俗小说类型。

"鸳鸯蝴蝶派"的小说在市民读者中很有市场，但是这些作品把文学当成消遣和娱乐，这种文学观念受到了新文学创立者的猛烈批判。新文学作家从新文化的民主和科学观念出发，强调旧的文学观念需要更新，文学要为社会进步做出努力，文学是为人生的，那种"将文艺当作高兴时的游戏或失意时的消遣"的文学观念是有害的，在这种观念指导下创作的作品必须淘汰。尤其是"鸳鸯蝴蝶派"还深受大众偏爱，影响很大，所以要让大众接受新文学、新思想，新文学必然要把批评的矛头对准"鸳鸯蝴蝶派"的作品。新文学的拥护者认为，新文学要担负起改造中国国民性、建设进步而民主的中国的使命，相形之下，通俗文学是低俗的，是不登大雅之堂的；"鸳鸯蝴蝶派"的消闲游戏的文学观念是玩物丧志，没有追求启蒙，没有追求进步，对中国文学的现代发展是有害的。现代知识分子和新文学的猛烈抨击和全面否定，使得通俗文学很快就败下阵来，失去了曾经的显赫地位，甚至是主动居于文坛的边缘地位。

但是，我们也无法忽视一个有趣的现象，通俗文学在广大民众中一直被继续阅读着。而且在通俗文学作家中，20世纪三四十年代的张恨水小说，五六十年代的金庸小说，七八十年代的琼瑶小说等都一直家喻户晓，有着庞大的读者群。

二、通俗文学中的言情世界：张恨水、琼瑶

所谓言情，即小说内容主要围绕着男女主人公的爱情和人物关系的分分合合来展开，形式上则是通过具有传奇性的情节和细腻、充分的情感描写来打动读者。在现当代的言情小说家里，最具代表性的是张恨水和琼瑶两位作家。

张恨水（1895—1967年）的代表作是《啼笑因缘》。1930年3月到11月，这本小说先在报纸上连载，引起读者的关注和喜欢。很多读者为了一睹为快，纷纷找报纸来读《啼笑因缘》，以至于一些编剧和导演也赶来找张恨水，希望能把小说改编成电影和戏曲，由此可以看出这本小说在发表时候的轰动效应。

《啼笑因缘》是一部章回体小说，共22章。小说的故事发生在20世纪20年代的北京，情节围绕着男主人公樊家树的爱情故事展开。樊家树二十岁不到，家境非

常富有。他到北京考大学，先后结识了穷武侠关寿峰的女儿关秀姑，唱大鼓书的姑娘沈凤喜，以及百万富翁的女儿何丽娜。三个女郎先后都喜欢上了樊家树，樊家树却只喜欢沈凤喜。他出钱安置了沈凤喜和家人，希望她能继续上学读书。由于母亲病重，正在热恋之中的樊家树只好先回老家一段时间。这时，有权有势的军阀刘德柱看上了沈凤喜，他乘虚而入，使用计策、金钱，骗取了沈凤喜的爱情。等樊家树回来，只能偷偷与沈凤喜相会。刘德柱发现后，毒打沈凤喜，导致她精神错乱，变成了疯子。关秀姑化名进入刘家，救出沈凤喜，和父亲一起杀死了坏人刘德柱，并远走高飞。最后，樊家树和何丽娜相聚在一起。

和古典才子佳人小说的大团圆传统相比，《啼笑因缘》的现代特点主要体现在它的悲剧性上。樊家树和沈凤喜之间的爱情最终因为外来强力，最后悲剧收场。传统小说的大团圆结局，在该小说中并不明显，因为该小说最后只写到樊家树和何丽娜见面，而没有延续结婚的情节，这明显可以看出是作者有意留给读者一些想象的空间。

另外，这部小说写出了人物性格的丰富和复杂。樊家树爱贫穷的沈凤喜，说"我们的爱情决不是建筑在金钱上"，想要出钱帮助沈凤喜摆脱困境。这种做法体现了一种人道主义关怀。他不喜欢富家小姐何丽娜，可是对方却能为他放弃奢华的生活，从这一点可以看出何丽娜对男主人公用情很深。同时，关秀姑虽然喜欢男主人公，却能够先是主动成全樊家树和沈凤喜的爱情，后来又救出沈凤喜，杀死仇人，并撮合何丽娜和樊家树在一起，自己则和父亲一起远走高飞。关秀姑具有传统侠女的情怀，同时小说也写出了她内心在爱情和侠义之间的矛盾纠结。这种写作方式，已经是现代小说中以塑造人物性格为主线的写作方法了。

和张恨水比起来，琼瑶创作的年代要晚很多，主要集中在 20 世纪 70 年代到 80年代。虽然琼瑶生活在当代台湾，但是她的小说大多有着古典气息，小说人物之间的爱情纷争延续了传统言情的路线。

琼瑶的代表作有《几度夕阳红》《在水一方》《庭院深深》等，她的作品大多被改编成电影和电视剧，因此在民间影响力远超过一般的作家。在八九十年代，"琼瑶剧"甚至成为一个非常时髦的公众话题。

琼瑶小说的情节结构延续了言情小说的套路，一般来说小说的男女主角先相识相爱，但是又会遇到阻碍或冲突，历经曲折最终能够团圆。相对来说，这种大团圆的结构符合普通读者的阅读期待，是通俗文学最核心的情节结构。

另外，小说中无处不在的巧合和悬念，也使得情节往往峰回路转，结果往往出人意料，能够吸引读者的注意力。不过，琼瑶小说在塑造人物性格方面还是存在一定的不足，因为她的小说的人物性格往往是定型的，人物形象往往单一又肤浅，这也使得她的小说在主题思想上缺乏深度。这是通俗小说的常见病。

三、通俗文学中的武侠梦：梁羽生、金庸、古龙

武侠小说是中国文学一个特殊的类型。在古代文学中有《三侠五义》这样的写侠客和义士的小说，他们武功高强，而且行侠仗义，锄强扶弱。

中国人的内心都有一个追求正义公平的武侠梦，所以虽然新文学出现了，但是武侠小说依然在民间有大量的读者群。在 1949 年以前的现代文学时期，武侠小说继续沿着通俗文学的方向发展，一些作家创作了不少脍炙人口的作品。其中比较有名的有王度庐的《卧虎藏龙》和还珠楼主的《蜀山剑侠传》等。

现当代文学中武侠小说真正的黄金时期是 20 世纪 50 年代到 70 年代，以台港澳地区武侠小说作家为主要写作群体，报纸传媒连载是主要的传播方式，写作手法则有别于以往的作品，所以被称为新派武侠小说。这场武侠小说的热潮波及海外华人地区，并在 20 世纪 80 年代中国改革开放之后有更大的影响。

梁羽生是新派武侠小说的开创者。他的武侠小说代表作有《七剑下天山》《萍

踪侠影录》《云海玉弓缘》等。梁羽生的武侠小说故事情节都依托中国历史事件，比如有反映唐代安史之乱的《大唐游侠传》，有以明朝土木堡之变为背景描写爱国保民的侠客的《萍踪侠影录》，也有反映清代侠士反清运动的《七剑下天山》。

梁羽生的小说语言较为文雅，在现代汉语语言中又随时夹杂着古代诗词，描写也较为生动，显示出较高的传统古典文学素养。

金庸的武侠小说则在语言和题材上更为通俗一些。从 1955 年发表《书剑恩仇录》开始，到 1972 年，他一共创作了 15 部武侠小说。其中不乏文学经典之作，比如《碧血剑》《雪山飞狐》《射雕英雄传》《神雕侠侣》《笑傲江湖》《天龙八部》《鹿鼎记》等。

金庸小说创作的第一时期以《碧血剑》为代表。小说的历史背景是明末，讲述的是明末将军袁崇焕之子袁承志行侠仗义的故事，并创造性地把并没有在小说里出场的金蛇郎君作为主要人物之一来进行塑造。小说中袁承志的英雄情怀以及金蛇郎君亦正亦邪的性格，给读者留下了深刻的印象。

金庸小说创作的第二时期以《射雕英雄传》为代表。小说把故事放在南宋和金朝对峙、蒙古崛起的历史背景中，情节围绕着主人公郭靖成为一代大侠的过程展开。郭靖生性憨厚，木讷少言，学武的资质并不好，却因为一系列的因缘际会学会了当时最高深的武学"降龙十八掌""九阴真经"等，最后成为一代为国为民的大侠，成为金庸小说中最闪亮的侠客形象之一。这部小说还讲述了"东邪西毒南帝北丐中神通"等绝世大侠的故事，并塑造了各具个性的侠客群体；另外还有小说中郭靖的女友黄蓉性格古灵精怪，绝顶聪明，对郭靖又绝对痴情。总体来说，《射雕英雄传》小说人物性格多姿多彩，情节曲折动人，文笔瑰丽优美，是当代武侠小说的经典之作。

《鹿鼎记》是金庸的最后一部长篇小说。小说塑造的主人公韦小宝一反之前侠客为国为民、正气凛然的精神追求，反而处事油滑，溜须拍马，在各种人士之间如鱼得水、进退自如。他从小在扬州妓院长大，之后阴差阳错来到京城，竟然假冒太监，混进皇宫，并和年轻的康熙皇帝成为好友。之后，又进入当时"反清复明"的天地会，受到帮主陈近南的青睐。在不断的游历中，他接触了形形色色的人士，有神龙教的势力，有云南吴三桂的势力，有台湾郑克塽的势力，甚至还接触了俄罗斯人。在他巧舌如簧的游说下，他总能化险为夷，马到功成，最终建立让人咋舌的功勋。不仅如此，在情场之上，他也能最后收获七位美女的芳心。

韦小宝曾说自己"不学无术却处处有术"，他能在太监、钦差大臣、帮会堂主、和尚甚至七位美女的共同老公这些身份之间游刃有余，在某种程度上显示出一种幽默、荒诞的艺术效果。从这里看，这部小说当然不是传统的武侠小说，因为韦小宝颠覆了传统的侠客形象。不过，传统文化中的忠孝节义对韦小宝仍然有非常大的影响，使得他每每在关键时刻做出锄强扶弱的"侠客"行为。韦小宝不是一个自我要求很严格的侠客，但是在大是大非面前，他还是能把握自己，不会为非作歹。所以，《鹿鼎记》还属于传统武侠小说的范畴。

和梁羽生、金庸比起来，古龙在武侠小说中淡化了武功的作用，也弱化了时代历史背景，突出了江湖人物的心理特征刻画。

古龙的小说有《大旗英雄传》《名剑风流》《绝代双娇》《楚留香传奇》《天涯·明月·刀》《流星·蝴蝶·剑》等多部。

古龙小说最大的特点是把文学因素融入传统武侠小说之中。他的小说往往脱离了具体的历史背景，因此显得武侠味道更浓厚，人物之间的恩怨情仇也显得更加直接和深刻。他还把传统武侠小说的情节塑造和写实的手法结合起来，语言描写更加真实生动。古龙小说的语言也非常有特色，大量使用短句，甚至一个短句就是一段，这样的写作方式尤其在描写武打场面的时候更加动人心魄。古龙小说的主题依然围绕着武侠展开，主人公李寻欢、陆小凤、楚留香、西门吹雪等身上体现出的勇气、侠义、爱与宽容，历来为读者所青睐。

四、网络文学的兴起与特征

随着互联网的普及，一种新的文学现象开始出现，这就是网络文学。广义的网络文学，是指所有出现在网络上的文学作品；狭义的网络文学，是指以网络为载体第一次发表的文学作品。一般来说，我们所说的网络文学都是狭义的网络文学，即创作者写出文学作品之后，第一次发表在网络平台上面，并在网络上被读者阅读到。

只要有互联网使用的国家或者地区，都会有写作者来使用这种载体创作和发布文学。网络文学和传统文学有相同的地方，比如网络文学依然使用传统的语言文字作为文学媒介以传情达意，基本没有突破传统的小说、诗歌、散文、戏剧等文学体裁，基本延续了一些传承已久的文学母题。

不过，网络文学也有一些新的特点，比如它结合了网络媒体的技术特点，传播起来更加快捷，作者和读者之间的互动也更为直接，尤其是作者发表文学作品时具有极大的自由，出现在读者面前的网络文学作品简直多得让人应接不暇。

1994 年，中文世界开始连通进入互联网。在之后的几年中，中文网络文学开始逐渐从无到有，逐渐发展繁荣起来。

1998 年，痞子蔡在 BBS 里发表了小说《第一次的亲密接触》，被誉为网络文学的开山之作。小说讲述男大学生痞子蔡在网络上结识了女网友轻舞飞扬，二者开始了一段网恋。最后女主人公患了绝症，男生陪伴她度过了人生的最后一程。这部小说从内容上是通俗文学的套路，不过由于当时人们是第一次读到这种文笔清新的网络小说，它迅速影响到了中文世界。

在网络小说开始形成的时期，网络写作主要依靠从传统的纸面写作转变过来的写手，例如安妮宝贝等人。这些作家的网络写作仍有着比较传统的文学观念。其中影响较大的作品有今何在的《悟空传》、宁肯的《蒙面之城》、江南的《此间的少年》、慕容雪村的《成都，今夜请将我遗忘》等。

在 2000 年前后，一批人开始专注在网上进行文学写作，一些文学作品也开始在论坛发表，并获得了一定的文学声誉。当时网民心中的网络文学大概有几个特征：首先是由网络传播的，具有网络特征和思维，还要首先在网络上发表。这批作者是纯粹的网络写手，几乎没有传统方式的文学创作经验。

伴随着网络普及，网民人数不断增加，从事网络文学创作的人也越来越多。一些网络佳作开始出现，网络文学的体裁由小说、诗歌、散文组成，这其中小说的创作数量最大、传播最广。而网络小说作为网络文学的主要组成部分，内容上具有一些约定俗成的类型，比如玄幻小说、穿越小说、后宫小说、悬疑小说等。不过，由于网络作家写作时跨类比较自由，很难说单个小说只属于一种类别。

网络小说中比较出名的有以下几部：

2003 年萧鼎的《诛仙》是一部有着中国古典意味的东方背景的网络仙侠小说。小说情节跌宕起伏，人物性格鲜明，书中反复探究的一个问题是"何为正道"。作者一改西方小说"奇幻"风格，反而着重于突出中国传统文化中的玄幻特色，在小说中，他把中国古代的志怪传奇、妖魔鬼神、江湖风云结合在一起。这本小说掀起了玄幻小说的网络风潮，一大批类似的小说层出不穷，试图吸引网友的注意，这其中还有玄雨的《小兵传奇》等作品。

2006 年，天下霸唱的《鬼吹灯》开始在网络上连载。这是一部杂糅现实和虚构、盗墓和探险的网络小说，标志着网络文学中盗墓文学的正式诞生。小说主要通过一系列的诡异离奇故事，讲述了所谓"摸金校尉"（盗墓者）的经历。这类小说创作走出传统小说的模式，以刺激读者的感官为目的，而这又和青年网友寻求精神刺激的要求一拍即合，所以很快形成一种创作风潮。

2007 年，网络文学又出现一个"穿越小说"的写作潮流。所谓穿越小说，就是小说主人公由于某种原因从其原本生活的年代离开，穿越到了另一个时代，并在这个时空展开了一系列活动，情情爱爱多为主线。如果小说的主人公是男性，则多是玄幻或者历史类小说，其中比较成功的小说有阿越的《新宋》——讲述男主人公从现代穿越到北宋，然后受到皇帝的重用，参与朝政，变法图强、征服外敌、建功立业；如果小说的主人公是女性，则多属于言情的范畴，主要讲述女主人公在另一个时代遇到心上人，谈了一场轰轰烈烈的恋爱的故事。

　　随着时代的发展，网络文学越来越成为人们关注的焦点。《中国新闻出版报》2012 年度的一项调查报告显示，10 年来，在数量与速度的驱动下，网络文学以每年20% 的速度"疯狂生长"，每年诞生 3 万余部长篇小说，存量超过当代文学纸质作品 60 年的数量；靠网络创作"吃饭"的写作者达 3 万余人，与体制内专业、半专业作家数量旗鼓相当；受众人群广泛，10 年间催生了上亿名读者，最受欢迎的网络文学网站页面日浏览量数以亿计。

　　这个数字背后，折射了一个时代的变化——网络时代的到来。尤其近几年来，网络文学的发展越来越快速，当我们还在课堂上阅读或者讨论经典的文学作品的时候，我们不能忘记身边的你、我、他更多的是在网络上写作、阅读。当然，网络会带给文学什么，我们还很难说清楚，但是我们却要时刻注意这样一种现象——那就是网络文学就在身边。

五、科幻小说的浮与沉

　　现代意义上的科学幻想小说诞生于 19 世纪的英国，以 1818 年玛丽·雪莱创作的《弗兰肯斯坦》为标志。之后，法国儒勒·凡尔纳、英国赫伯特·乔治·威尔斯分别开拓出技术派和社会派两种科幻流派，并在 20 世纪三四十年代迎来一个创作与出版的高峰，这个时期被称为西方现代科幻小说的黄金时代。

　　20 世纪初，凡尔纳的小说开始被翻译介绍给中国读者。当时鲁迅就翻译过他的《月界旅行》。当时，梁启超等人把科幻小说称为"科学小说"，看重的是它在传播现代科学知识、更新国人思想方面的功用。晚清时期的科学小说受到凡尔纳的较大影响，但仍偏重于翻译，本土的创作并不多。因此，这只能算是科幻小说在中国掀起的一个小小的热潮。

荒江钓叟的《月球殖民地小说》是目前所见晚清写作时间最早、篇幅也最长的科幻小说，有三十五回，但并没有真正完成。小说受到凡尔纳的影响，幻想人们乘坐气球飞向月球，去寻找不同于充满了罪恶和污浊的地球的新的理想国。

想象最丰富的、科学幻想色彩最浓的是东海觉我（徐念慈）的《新法螺先生谭》。小说中的人物新法螺先生遭遇奇变，身体与灵魂分离。他的身体因为火山爆发被冲上高空，又下坠沉入一个地底世界，落到人家的炕上。这户人家有一位名叫黄种祖的老人，家里人口四万万人。在老翁的家里，一秒钟就相当于现实世界的两天半，一天就是六百年，所以老翁说他只有八岁。这种想象，其实是对中国历史和现实的辛辣讽刺。同样，小说里写到，新法螺先生的灵魂化为一束强光，在地球上空掠过，引起欧洲科学家的跟踪和研究。但是，当他掠过中国的天空时，人们却都在忙着睡午觉，压根儿没有注意到天空的异象。这使主人公非常愤怒，恨不得撞击下来，把愚昧麻木的中国撞个粉碎。最后，主人公的灵魂在经历了一场星际旅行后，又回到地球上，与躯体合二为一。

20世纪上半叶的中国，内外交困，民生多艰，确实不太适宜科幻小说的存在，作家的神奇想象总是无法跳出苦难现实的羁绊。1933年，老舍所写的《猫城记》里，"我"与伙伴们乘坐飞机到火星探险，不幸飞机坠毁、同伴身亡，"我"则坠落到一个古老的国度"猫国"。猫国人沉迷于吃具有兴奋作用的迷叶，热衷于内斗，却害怕外国人，卑躬屈膝。最后，这个政治腐败、社会黑暗、不思进取的猫国灭亡了。

中国科幻小说的又一次热潮出现在20世纪五六十年代。中华人民共和国成立后，百废俱兴，国家建设蓬勃展开，"向科学进军"成为时代的召唤。1954年，郑文光发表《从地球到火星》，讲述三个渴望宇宙探险的中国少年开着飞船飞向火星的故事，这是中华人民共和国成立后的第一篇科幻小说。1978 年出版的《飞向人马座》则是中华人民共和国第一部长篇科幻小说，郑文光也因此被称为当代"中国科幻小说之父"。只不过，这一时期的中国科幻小说更接近于科普小说，主要是面向青少年读者群普及科学知识，畅想新的社会主义中国的美好未来。

20 世纪七八十年代之交，大陆科幻小说又迎来一个短暂的春天，涌现了一批优秀的科幻作家和作品。其中，叶永烈的《小灵通漫游未来》影响最大。记者小灵通无意间搭乘了驶往未来市的气垫船，并与同船的小虎子和小燕兄妹成了好朋友。在未来市，他们见到了没有轮子的气垫车（"飘行车"）、各种美味的人造食物（人造大米、人造肉等）、环幕立体电影。小虎子的曾祖父已经108 岁，移植过三次人造器官的他很喜欢和家用机器人下象棋。未来市的夜空挂着两个月亮：弯弯的银钩月是真正的月亮；明亮的圆月是一盏小太阳灯，它装在一颗始终停在未来市上空的人造卫星上。当时，引起较大轰动的还有童恩正的《珊瑚岛上的死光》，这部小说曾被改编成中国第一部科幻性质的电影。

从 90 年代开始，中国科幻小说才真正走向全面的发展和繁荣，并在国际科幻文学界绽放异彩。这主要表现在两个方面：一是创作队伍不断壮大，涌现了一批优秀的作家，例如王晋康、刘慈欣、韩松、郝景芳等；二是好的、有影响力的作品层出不穷，并在国际上赢得荣誉。2015 年，刘慈欣的《三体》获得第 73 届世界科幻大会"雨果奖"最佳长篇小说奖。2016 年，郝景芳的《北京折叠》又获得第 74 届世界科幻大会"雨果奖"最佳短篇小说奖。雨果奖是世界科幻协会（World Science Fiction Society，简称 WSFS）为纪念"科幻杂志之父"雨果·根斯巴克所颁发的奖项，正式名称为"科幻成就奖"（The Science Fiction Achievement Award），它是世界科幻小说界的最高奖项。

在郑文光、叶永烈之后，刘慈欣是新一代中国科幻作家的代表性人物。刘慈欣的作品因宏伟大气、想象绚丽而获得广泛赞誉，他成功地将幻想的空灵轻盈与现实的凝重丰富结合起来，出色地实现了科幻小说的文学性与科学性的微妙而迷人的平衡。他的代表作有中篇小说《流浪地球》《乡村教师》《朝闻道》等，长篇小说《三体》三部曲等。其中，《三体》三部曲被认为是中国科幻小说的里程碑式的作品，既将中国的科幻小说推举向世界的高度，也打造出了具有民族特色的科幻文学样式。

科幻小说有"硬科幻"与"软科幻"的区分。"硬科幻"的作品科技知识的含量高，要求作品的情节和内容设定有科学依据，符合科学的基本逻辑；"软科幻"则更多的是把科技的元素作为小说的背景来处理，着重呈现人物的个性和精神世界。毫无疑问，计算机工程师出身的刘慈欣属于"硬科幻"的作家，他对现代科学技术的成果与研究动态有着广泛的了解。从无处不在的高科技语汇，到缜密精确的计算和原理演绎，文本中密集分布的科技成分为小说的科学性、可信度提供了强有力的保证。与此同时，刘慈欣丰富而狂放的想象力，以及他出色的细节刻绘能力，有效地溶蚀了科学性可能会给读者带来的阅读不适和理解障碍。

在刘慈欣的小说里，人物往往是立体而多元的，他们的个性没有因为强烈的科学性而变得模糊。以《三体》三部曲为例，两位女主人公叶文洁、程心都是科学家，却有着各自丰富而矛盾的性格。在叶文洁身上，人、女人、科学家三种身份以一种奇怪的方式纠结在一起。她曾经因为人类的愚昧、疯狂、残忍而受到伤害，憎恶人的冷漠与自私，因此欢迎和帮助外星文明来毁灭人类，成为反人类的地球三体组织的精神领袖。同时，她也有着女性特有的温柔、细腻、敏感，以及科学家的理性、坚定、冷静。她是一个妻子、母亲，却可以为了自己的信念亲手杀死丈夫，对女儿的自杀置之不理；她厌弃乃至背叛人类，却时常因为思考人类的未来而陷入精神危机。和叶文洁不同，程心有着圣母情怀，但母性与智者的身份在她身上存在着尖锐的冲突。她有着属于女性的善良和爱心，不忍伤害他人，哪怕是完全陌生的外星生命。她企求和平与文明，在接替罗辑出任掌握对三体世界的威慑力量的"执剑人"之后，由于仁爱和不忍，放弃了反击三体世界的最后机会，导致人类在宇宙战役中被摧毁殆尽。程心因为伤心自责而双目失明，并以自我放逐作为赎罪。在漫长的救赎中，她最终拯救了自己，也拯救了人类。程心缺少叶文洁的强大而偏执的理性，她的犹豫和失败其实是每一个普通人都会有的，正像每一个普通人身上也蕴藏着非凡的潜质。

当然，和别的科幻作家一样，刘慈欣笔下更为常见的是男性人物形象，尤其是男性的英雄。例如《乡村教师》里的李宝库老师，《三体》三部曲里的罗辑、章北海等。他们以一己之力拯救众生，挺身对抗暴虐的命运。同时，他们身上也往往有着复杂、矛盾的内心世界，大多也都存在着非英雄乃至反英雄的一面，经历着从平凡人、小人物向超级英雄不断蜕变的过程。罗辑是个视生活、学术为游戏的浪荡子，章北海也有他内心的茫然和脆弱。在这种意义上，这些英雄人物既有人类超级英雄的共性，也有着属于自己的个性。

刘慈欣从不讳言他向西方科幻小说的学习，也从未忘记将中国元素置于自己的写作，致力于打造中国的科幻文学，这使得他的小说呈现出鲜明的本土特征。首先是人物与场景的本土化。刘慈欣的科幻想象通常是在中国语境中展开的，遍布着原汁原味的中国的空间场景、文化意象、人物形象。在他之前，中国的科幻小说更喜欢以西方的元素来创建幻想的空间，借助西化的人物、情节和场景，来实现作者对未来的乌托邦世界的浪漫想象。新的自信和创造，是从刘慈欣这里开始的。

其次，他的写作有着强烈的现实关怀意识。在中国科幻作家里，很少有人像刘慈欣这样去写底层社会和社会上的普通人，尤其是寻常老百姓在科幻场景下的生活。《三体》第二部里的张援朝、杨晋文、苗福全这三个老邻居被刻画得活灵活现，他们就是遍布在中国每一个城市、每一块土地上的寻常百姓，却让人读起来唏嘘不已，生出强烈的现场感。《中国太阳》是一个科幻版的农民工进城打工的故事。水娃走出缺电少水的西北农村，成为一名专门为高楼大厦清洗玻璃幕墙的"蜘蛛人"（高空清洗工）。努力工作的他被选中进入太空，担起清洗"中国太阳"（在同步轨道上为地球反射阳光的面积三万平方公里的反射镜）的重任。最后，他驾驶"中国太阳"飞出太阳系，以唤醒人们的宇宙远航之梦。

最后，这种本土特色也表现为刘慈欣通过对民族文化和国民心性的思考，最终抵达对人类之共性的深入揭示。《三体》三部曲所讲述的，不仅仅是中国人的中国故事，不仅仅有着中国文化的思维方式和逻辑，它其实更是对于普遍之人性、对于大众心理与文化的人类层面的揭示和批判。《乡村教师》是刘慈欣自己最喜爱的一部作品，也是最不像科幻小说的小说。小说采用双线结构。第一条情节是茫茫银河系中，碳基联邦为了阻止硅基帝国利用恒星蛙跳展开进攻，决定摧毁一些不具备文明特征的恒星，在两大星际联邦之间清理出一条隔离带。地球、太阳系被列入碳基帝国星球文明测试和除星行动的名单。与之并行的是在黄土高原的一个偏僻贫困的角落，乡村教师李宝库继承自己老师的事业，坚守在村办小学的讲台上。生活的贫困、乡人的愚昧、社会的欺压、命运的不幸，他承受所有打击，在身患癌症的最后时刻，仍然拼尽气力将牛顿力学三大定律讲给他最后的 18 位学生听，督促他们牢牢记诵。李老师去世的一刻，也是他的学生被选中进行星球文明测试的时刻，两条情节线合并起来，碳基联邦确认地球是一个有着较高文明等级的星球，因此取消了毁灭地球的指令。一个微不足道的乡村教师就这样拯救了人类文明，拯救了整个太阳系。这部小说继承了鲁迅等人的启蒙主义的文学主题，对苦难、贫瘠的现实投以悲悯和关爱，但作品最终完成的是对于人类知识及其创造者和传播者的高声赞美，这种情怀是博大的，并不仅仅局限于本土的世界。

第十一讲

儿童文学

儿童文学，是供少年儿童阅读的文学作品的总称。包括童话、寓言、诗歌、戏剧、小说、科学幻想故事、历史故事等多种形式。其内容和形式均适合不同年龄的少年儿童的特点。要求接近儿童心理，充满智慧和幻想，富于思想性、知识性、故事性和趣味性，有益于向少年儿童进行思想教育和知识教育。儿童文学常以少年儿童为描写对象，但也可以写成人。

在西方世界，儿童文学是比较年轻的文学门类，它萌发于17世纪末18世纪初，此前主要是口头创作和成人文学中为孩子所喜爱并能部分接受的作品，如《五卷书》《一千零一夜》等。18世纪中叶，儿童文学有了进一步的发展，最有代表性的作品是让—雅克·卢梭的儿童传记小说《爱弥尔》。19世纪丹麦安徒生等创作的童话问世，标志着世界儿童文学进入第一个繁荣期。20世纪英、苏、美、法、意、瑞典等国家大量优秀作品的涌现，意味着世界儿童文学进入了第二个繁荣期。

在此之前，古代中国情形类似于西方，适宜于儿童的文学作品主要有两大表现形态：一是千百年来流传于儿童口耳之间的民族民间文学，例如歌谣、神话、传说、童话、故事等；二是古代文人创作的适合儿童听读的文学作品，譬如《西游记》《聊斋志异》等。在中国社会从传统向现代的整体转型过程当中，受到西方现代儿童文学的影响，19世纪中后期，现代意义上的中国的儿童文学开始孕育，至20世纪20年代正式出现于五四新文坛。

一、中国儿童文学的形成

儿童与妇女，是新文学和新文化运动关注的两个核心领域。鲁迅、胡适、周作人等现代知识分子大力倡导现代的儿童观念，他们指出，无论是中国还是西方，过去都存在着对于儿童的误解，即是没有把儿童当成预备阶段的成年人，而是直接当作缩小版的成人来对待。他们借鉴美国哲学家、教育家杜威的"儿童本位论"，提倡"幼者本位""以孩子为本位",批判以"父为子纲"为核心的传统儿童观念。儿童作为独立而独特的人被发现,是新文化运动的一大贡献。儿童文学就是在这种新的儿童本位观念指导下形成的。

这一时期,刚刚起步的中国儿童文学的主要工作内容是:翻译外国儿童文学、采集本国本族的民间口头创作,以及改编比较适合儿童阅读的古典读物。相比之下,本土作家自己的创作还很稚嫩。直到叶圣陶《稻草人》和冰心《寄小读者》的出现,中国儿童文学才真正得以确立。

叶圣陶的童话集《稻草人》出版于1923年,被认为是中国童话真正形成并且走向成熟的标志。叶圣陶的童话创作有一个从梦幻世界走向现实人生的变化,他将广阔的现实世界、真实的社会苦难和血泪人生呈现在孩子面前。这一转变,也奠定了中国童话的现实性、社会性特征。也由于这一转变,叶圣陶童话中的人物形象发生了根本性的变化,打破了"不写王子,便写公主"的西方模式,将当时中国社会各阶层的各类人物都纳入进来,例如工人、农民、童工、乞丐、渔民、厨师、军人、艺人等,在丰富的社会人生场景以及人物关系当中塑造生动、鲜活的形象,以人道主义的精神表现劳动者的不幸和苦难。在这一方面,单篇童话《稻草人》尤其具有代表性。

强调儿童本位,着眼于儿童心理和情趣,不断探索和完善童话创作的艺术形式,是叶圣陶对现代童话的又一主要贡献。诗意的幻想、诗化的意境,是叶圣陶童话重要的艺术特色之一。深谙儿童心理的叶圣陶,非常重视在作品中营造饶有诗意和童趣的想象的世界,以此来吸引小读者,给他们以美的陶冶。夸张性的表现和事理的逻辑性是叶圣陶童话的另一个艺术特色。夸张手法的运用,加深了童话的神奇性和童趣性。同时,这种夸张又是符合客观世界和童话作品的事理逻辑的,有它的合理性。在《稻草人》里,当稻草人看到害虫在吞噬稻叶时,内心非常焦急,但它无法移动,只能更努力地摇动手里的扇子,用啪啪的响声去警告农人。这里的情节,就是严格按照用稻草扎成、竖在田地里的稻草人的客观特点来设计和展开的。

《寄小读者》是冰心在 1923 年 7 月到 1926 年 8 月游学美国时对所见所闻所感所忆的随笔式记录,共二十九篇。从 1927 年到 1941 年,这本书共发行三十六版,是现代中国最畅销的儿童散文集。礼赞童心、颂扬母爱、倾心于大自然和怀恋祖国,是这部作品的基本内容。这部专门写给小读者的散文集是对年幼者进行情感教育、美的教育和爱国主义教育的优秀读物。它清新优美的文笔、温柔亲切的笔调、如诗似画的意境、生动流利的言语,至今仍得到中小学生的喜爱。

二、20 世纪三四十年代儿童文学的发展

在 20 世纪三四十年代,现实主义成为儿童文学创作的主流,反映现实的题材和主题占有突出的地位。这是对上一阶段的儿童文学传统的继承,同时作品的情感基调又趋于明朗,不仅暴露和批判社会的阴暗面,也追求和歌颂社会光明的一面。较为突出的作品有张天翼的《大林和小林》《秃秃大王》,陈伯吹的《阿丽思小姐》《波罗乔少爷》,叶圣陶的《古代英雄的石像》,巴金的《长生塔》,老舍的《小坡的生日》,金近的《红鬼脸壳》,华山的《鸡毛信》,管桦的《雨来没有死》,黄谷柳的《虾球传》等。

从 20 世纪 30 年代开始,随着"科学救国"思潮的掀起,少儿科学文艺逐渐兴起,出现了一批少儿科学文艺刊物,很多儿童刊物也开辟有科普园地,在众多作家作品中,以高士其的科学小品尤其受到欢迎。

在中国儿童文学历史上,高士其是一个奇迹。他忍受着严重的脑炎后遗症的折磨,在三四十年代写作了大量的科学小品、科学小说、科学诗、政治诗,其中成就最大、影响最广的是科学小品,对中国科学文艺的发展有着很大影响。他这一时期的科学小品很好地将科学、文学、政治结合在一起,作品有着精确而丰富的科学内

容，同时灌注着对国家和人民的热爱。他把对细菌、抗击疫情的科学普及与当时中国人民的抗日斗争紧密相连，既有科学的理性的认识，又鼓荡着同仇敌忾、全民抗争的战斗精神，显示出科学与政治紧密结合的鲜明的主题倾向。

他的科学小品还有着构思巧妙、表现精湛、语言的通俗化和形象化等特点。巧妙而丰富的艺术构思，使得他的科学小品总会令读者心生好奇，引发其阅读的兴趣，使读者在愉快的阅读中不自觉地获取大量新知。比喻、拟人手法则是高士其最喜欢使用的。在作者笔下，新颖生动的比喻使肉眼看不到的细菌有了生动、可感的形象，它们展开神奇、惊险的历程。高士其将原本枯燥、抽象的科学知识情节化、趣味化、具象化，收到了寓教于乐的效果。

张天翼是三四十年代儿童文学的突出代表。他的童话延续了 20 世纪 20 年代叶圣陶等人的现实主义道路，着力于展示诸多样式的人生画面，几乎涉及当时社会的每一个方面，在对社会现象的真实表现中突出现实生活的主要矛盾。在人物塑造上，他肯定儿童的独立人格，同时也注重儿童的社会性，认为儿童的人格是在自我与社会的相互作用中逐步形成的。因此他主张，儿童文学所要创造的，是在现实生活中，与亲人、大众共同奋斗、努力抗争一切不幸和灾难的小斗士，而不是一味天真的洋娃娃或者瑟缩畏惧的小奴隶。

譬如《大林和小林》。这是张天翼的第一部长篇童话，也是他的成名作。这部小说讲述的不是王子与公主的浪漫故事，也不是琐碎的日常杂事，而是一对孪生兄弟截然不同的人生，极具奇幻色彩，却又是对社会现实的深入表现。一次偶然的变故，哥哥大林被人当成升官发财的见面礼送给大富翁当养子，住进了糖果做成的房子，有 200 个仆人为他服务，在国王、警察、资本家、法官等的保护下过着豪华舒适的生活，连亲弟弟也认不出来了。在去海滨举行婚礼时，火车掉进海里，大林逃生到富翁岛上，却因为没有人伺候他，为他服务，饿死在金元宝堆中。弟弟小林却被人卖到工厂里做童工，在能把人变成鸡蛋的怪物"四四格"的皮鞭驱赶下，为资本家制造金刚钻。后来，小林和其他童工联合起来，打死怪物，逃出去开始新的生活。大林和小林是完全虚构的人物，却有着深厚的现实依据和社会内涵，他们截然不同的人生显示了两个不同阶级的生活，以及这种生活对儿童的影响。这种深广的社会内涵，与张天翼精湛的艺术表现相得益彰。小说按照儿童感知和想象事物的独特方式来组织叙事，通过丰富有趣的儿童式的夸张和虚构，在具体生动的人物和情节里，遵循并且揭示出现实生活的逻辑和社会关系，并做出辛辣的讽刺、批判。这部小说体现了张天翼童话的两个鲜明特点：高度的儿童化，让严肃的思想主题以儿童天真、烂漫的形式出现，以及讽刺和幽默。在此阶段的别的作品里，例如《秃秃大王》《金鸭帝国》等，这种艺术特点也有很充分的体现。

三、20 世纪五六十年代儿童文学的发展

1949 年中华人民共和国成立以后，大陆地区的儿童文学创作进入新的阶段，并在 20 世纪 50 年代中期迎来了全面的繁荣，从童话、小说、诗歌、科学文艺以至传统民间故事的收集和改编，都有很好的收获，甚至远远超出以往同类型作品的水平。

作为儿童文学的主要类型，这一时期的童话表现颇为不俗，张天翼的长篇童话《宝葫芦的秘密》、严文井的《"下次开船"港》、贺宜的《小公鸡历险记》和《鸡毛小不点儿》、金近的《小鲤鱼跳龙门》、葛翠琳的《野葡萄》、包蕾的《猪八戒吃西瓜》、洪汛涛的《神笔马良》等，至今仍然是脍炙人口的佳作。儿童小说方面则有张天翼的《罗文应的故事》、徐光耀的《小兵张嘎》等。科学文艺方面，高士其创作的《我们的土壤妈妈》《灰尘的旅行》《时间伯伯》等科学故事和科学诗，深受小读者的欢迎。

1949 年以后，冰心不断推出新作，有《我们把春天吵醒了》《小橘灯》《再寄小读者》等散文佳构，依然延续着二三十年代创作的以情动人的特点和"爱的哲

学"的主题。不过，以往笼罩着作品的淡淡忧愁消散了，和《寄小读者》相比，《再寄小读者》是朝气蓬勃、乐观向上的，以自己的方式汇入儿童文学歌颂新的生活、新的国家的主旋律。作家对于"爱"的理解，也不再是过去的超越阶级的、普遍却抽象的爱，而是和新的国家、时代、人群具体结合起来，显得硬朗、充实。

和早期的社会批判不同，张天翼这一时期的童话和小说聚焦在儿童的现实生活上，注重发挥儿童文学在新形势下的教育儿童的功能。《罗文应的故事》用儿童的语言，通过儿童的心理和视角，塑造了兴趣广泛、意志力薄弱的六年级学生罗文应的形象，细致生动地描写了他转变、进步的过程。小说尤其注意展现罗文应主动和自己的缺点作斗争的勇气，虽然时常反复，还会因为管不住自己而犯错误，但他最终还是培养起坚强的意志力，战胜了自己。立足于孩子的心理，体贴和尊重孩子，注意发掘儿童的主动性，这种写法无疑是小说成功的关键。

《宝葫芦的秘密》是张天翼最重要、影响力最大的一部童话。少年王葆经常听奶奶讲宝葫芦的故事，希望自己也能拥有这么一件有求必应的宝贝，在遇到困难的时候帮帮自己。在梦里，他的心愿达成了，宝葫芦给他送来了各种各样好吃、好玩的东西。可是，宝葫芦并没有无中生有的神通，它变出来的东西，其实都是从别人那里偷来的，这就使得诚实的王葆陷入尴尬，不得不在爸爸和同学面前撒谎，甚至受到嘲笑和指责。最后，王葆明白了，世界上没有不劳而获的美事，包括吃的、用的、玩的，以及各种学习课程的答案，都是要用体力或者脑力的劳动换来的。和罗文应一样，王葆是个积极向上的孩子，却又在学习上懒惰，不肯动脑筋，这其实是孩子比较普遍的毛病。作者巧妙地借助梦境，使小读者们认识到自己的缺点并主动去改正，从而达到了教育儿童的目的。

和《宝葫芦的秘密》共同标志着20世纪50年代儿童文学最高成就的是严文井的中篇童话《"下次开船"港》。贪玩的小学生唐小西老是"玩儿不够"，学习、功课什么的总要推到"下次"。他气跑了闹钟里的时间小人,被灰老鼠诱骗到"比快乐还快乐"的"下次开船"港。这个港口没有时间,想玩儿多久就可以玩儿多久,所有的船都是"下次"才开。可是这样一来,一切都停止了,港口成了静止不动的死港,花不开,云不飘,水也凝固了。洋铁人、白瓷人和灰老鼠三个好吃懒做的坏蛋统治着这里,他们强迫善良弱小的布娃娃服侍他们,为非作歹,但他们有一个致命的弱点,就是害怕钟声。唐小西认识到自己不珍惜时间的错误,决定和同样没有时间观念的木头人、橡皮狗、绒鸭子等一起救出布娃娃。他们请回时间小人,敲响钟声,赶跑三个坏蛋,救出布娃娃,唐小西也乘坐"这次"就开的船离开港口,回到了妈妈身边。《"下次开船"港》以珍惜时间为主题,进行了非常巧妙的艺术设计,情节曲折,具有浓郁的奇幻色彩,人物形象个性鲜明、奇特有趣,非常吻合儿童的审美趣味,叙事语言则充满诗情画意。

严文井的童话兼有抒情美和哲理美,对后来者有很大的影响。他在英文版的《严文井童话选》的前言里说,好的童话应该是"无画的画帖""没有诗的形式的诗篇"。他的短篇童话《小溪流的歌》就是这样一首"没有诗的形式的诗篇",洋溢着浓浓的诗情画意。小溪流唱着动听的歌在山谷中流淌,流出群山,奔向旷野,在平原上伸展开身躯,去拥抱其他的伙伴们,变得深沉、博大,力量越来越大。他不害怕任何的阻碍、嘲讽,昼夜奔涌向前,汇成江河,注入大海,永远唱着向上进取的歌。

20 世纪 50 年代是高士其科学文艺创作的又一个高峰,他以惊人的毅力写作了约 60 万字的科学小品和科普论文,特别是在科学诗方面有很大的成就。他在《科学诗》的序言里说:"要写好'科学诗',必须善于运用诗的语言,要通过形象化和故事化把科学的语言变成诗的语言,每一个用词造句都要十分正确,每一个夸张和比喻都须要用得十分恰当。写给孩子们看的科学诗,还必须注意儿童的心理特点和熟悉儿童的语言。"他的代表作《我们的土壤妈妈》，贴切新颖地把土壤比喻作"地球的肝""地球的胃""地球的肺"，亲昵地称呼土壤是"我们的土壤妈妈"，赞美她养育了地球上所有的生命，将科学知识的介绍与优美动人的诗情很好地结合起来。

四、20 世纪 80 年代以来儿童文学的发展

"文革"结束，儿童文学重新起步，冰心、张天翼、严文井、陈伯吹等老作家笔耕不辍；柯岩、葛翠琳、任大霖、洪汛涛、郑文光等中年作家成为创作的主力；同时曹文轩、沈石溪、秦文君、班马、梅子涵等青年作家迅速成长起来。三代作家的共同努力，推动当代儿童文学持续地走向繁荣。进入 20 世纪 90 年代，20 世纪 80 年代崛起的青年作家群体进入创作的成熟期，挑起进一步深化艺术探索、促成国内创作与市场和国际相接轨的重任。

其中，儿童小说的创作成就最为突出。和过去各个时期相比，无论是反映生活的广度、深度，还是题材开拓和艺术风格探索，都有大的突破。一个显著的表现是，在 20 世纪 80 年代，学校生活和少男少女小说开始成为儿童小说的创作热点，与当代文坛对人性和文学性的追求彼此呼应。不少作家对青春期少男少女的思想观念、道德品质、生理与心理的微妙变化进行了细致入微的观察和艺术表现，例如程玮的《中学生三部曲》、肖复兴的《早恋》。

20 世纪 90 年代则是长篇儿童小说的时代，这也从一个方面证明了儿童文学成熟期的到来。这一时期各类题材的小说都有很大发展，数量最多、表现最为抢眼的还是表现学校生活的小说。其中，以郁秀的《花季·雨季》为代表的一部分作品，还是中学生自己写作的。另外，从《女生日记》开始，杨红樱出版了以小学生生活为题材的一系列小说，在校园里掀起持久不衰的"杨红樱热"。在文学与市场密切互动的 20 世纪 90 年代，和杨红樱一样成为儿童小说品牌作家的还有秦文君、张之

路等。秦文君的具有抒情自传体性质的《十六岁少女》《一个女孩的心灵史》，有着很强的抒情和思辨色彩，集中笔力刻绘少女成长过程中的生命体悟。她的另一类型的作品，如《男生贾里》《女生贾梅》系列，以及"小香咕"系列，却是诙谐幽默的。秦文君善于抓住少年儿童成长期的心理特点，用第一人称的写作方式，让他们自己现身说法，自爆生活中的趣事、闹事乃至糗事，深得孩子们的喜爱。张之路的代表作品有《霹雳贝贝》《第三军团》《非法智慧》等。他的作品风格多样，有幽默风趣、令人捧腹的，有情感真挚、催人泪下的，也有惊险奇幻、引人入胜的。譬如《非法智慧》这部长篇科幻小说，情节跌宕起伏、充满悬念，又将科学性与文学性、幻想与现实融为一体，充满生动的艺术魅力、丰富的审美内蕴与深刻的思想意义，不但是张之路少儿小说创作的新突破，也是世纪之交我国儿童文学创作的新突破和重要收获。

此外，动物小说的发展势头尤其凶猛。在诸多作家中，沈石溪、乌热尔图最有代表性。西双版纳原始森林中的动物世界为沈石溪的动物小说提供了取之不尽的素材，凭借丰富的想象力和高超的故事讲述能力，沈石溪创造了一个引人入胜的神秘的动物世界，栖息于此的各类动物的生活习性、情感和生存法则被作家一一展示在小读者面前。沈石溪的动物小说主要有两种类型：一类是以小说集《第七条猎狗》为代表的把动物人性化的小说；一类是纯粹表现动物本性的小说，例如《红奶羊》《象冢》《狼王梦》等。第一类小说里大多是用人类的眼光和情感来表现动物，动物被赋予了人的感情；第二类小说则更尊重动物的本性，刻绘出动物世界的温良与残暴，有着以动物品性来洞察人性的奇异效果。乌热尔图的动物小说轻灵美丽，对生态保护、人与自然的关系有着深入的探索。他的创作多取材于自己有关北方鄂温克族猎民生活的儿时记忆，这种回望式的写作方式带来的抒情性质，也有利于他对人类所犯下的破坏自然、为一时贪欲残害野生动物的罪行进行深深忏悔与反思。

经历了 20 世纪 70 年代末 80 年代初短暂的恢复和调整后，在童话的文学性和儿童性方面，当代童话取得了共识。20 世纪 60 年代曾经以创作《小布头奇遇记》闻名的童话作家孙幼军反复强调，要重视儿童的思维特点和审美情趣，不能把成人的意志和情绪强加给孩子。初出茅庐的青年作家如班马、郑渊洁等人，更重视童话幻想的宣泄价值。他们认为，孩子们在现实中受到压抑的、无法实现的愿望，可以在童话幻想中得到升华和宣泄。所以，童话要给儿童快乐，保持其活泼自由的天性，这决定了童话幻想的基本品质是对思维常规、生活常规、时间常规的打破。

　　基于上述认识，20 世纪 80 年代童话逐渐形成多元化的发展局面，其中最为突出的是两种艺术风格的创作。一种是"热闹派"，以郑渊洁、彭懿、周锐等为代表。他们将游戏精神带入童话世界，采用幽默、讽刺、漫画、喜剧乃至闹剧的表现形式，寓庄于谐，在场景的快速切换、情节和人物的离奇设计中，突出作品的运动感和流动的美，整体呈现出热闹的、富有喜剧效果的审美风格。与这一派形成鲜明对比的是冰波、金逸铭等具有优美、抒情风格的作家的作品。他们强调文学要有爱的意识，自觉追求俊逸秀美的风格，注重童话的意境、诗情和哲理的交融，着力于人物的感觉、心理体验和情绪波动，要求作品应该具有美育和陶冶情操的作用。

　　20 世纪 90 年代的童话创作更显得沉稳，作品的取材视野进一步拓宽，作家的想象力越发地自由、强大，艺术表现力也更趋于成熟，出现了一系列优秀作品。例如，孙幼军的《唏哩呼噜行侠记》，周锐的《特别通行证》《元首有五个翻译》《大办班——水浒怪传》，冰波的《九叶草》《花背小乌龟》《树的眼泪》《阿笨猫全传》，葛冰的《蓝皮鼠与大脸猫》系列，以及张秋生的"小巴掌童话"等。值得一提的还有幼儿童话、系列童话的大量出现。优秀的幼儿童话有谢华的《彩色的树》《岩石上的小蝌蚪》，郑春华的《大头儿子与小头爸爸》《小饼干和围裙妈妈》，武玉桂的《大狼巴巴呜》，张秋生的《九十九年烦恼和一年快乐》《变成小虫子也要在一起》等。突出的系列童话有孙幼军的"怪老头"系列，庄大伟的"塌鼻子"系列，周锐的"鸡毛鸭"系列等。

五、20 世纪 90 年代以来重要的儿童文学作家：曹文轩、郑渊洁

曹文轩是 20 世纪 80 年代初登上文坛的，他继承鲁迅"改造国民性"的思想传统，认为儿童文学要塑造未来的民族性格，孩子是民族的未来，儿童文学作家是民族性格的塑造者。因此，从早期作品开始，曹文轩就倡导坚韧、强悍、独立思考、勇于探索和怀疑、批判的精神，并塑造了一系列这样的人物形象。

《山羊不吃天堂草》里的明子，和师傅、师兄一起到北京给人做木匠活。除了生活的艰难，一个乡下人在城里经常会被人歧视，被视为低一等的外地人，再加上一起做工的人们中间复杂的人际关系，让明子往往无所适从。但是，他始终坚守一个正直的乡下孩子的质朴道德，自尊自强，不为外界的浮华和喧嚣所迷惑。找工作时，他主动谦让，帮助更有需要的老人；被人误解、无故刁难时，他不卑不亢，坚决维护自己的尊严。他也曾在得到一大笔定金后，动过卷款逃走的念头，但很快就回屋了，主动向雇主和师傅们认错，并用实际行动补救过失。就像作品最后的象征——山羊宁可饿死也不啃食天堂草，明子他们无论多么艰难也绝不丢弃自己作为劳动者的人格。

《古堡》是一部中篇小说。相传山上有一座古堡，每一代都这么说，可是没有人真的上去看过。于是，孩子们去了，这或许只是出于好奇，但毕竟已经迈出了独立探索、寻找真相的第一步，他们要用自己的眼睛去见证。结果，古堡并不存在，孩子们失望之余，感受到从未体验过的充实，因为他们穿过黑夜，亲身攀爬到山顶，用自己的眼睛证实了传说的虚妄。事实上，信仰与怀疑、证实与证伪，是人之所以成为自觉的人不可或缺的两面，所以，在小说结尾处，作者让朝阳在孩子们眼前冉冉升起，象征着这些具有批判和探索精神的孩子，正是这个民族未来的希望。

进入 20 世纪 90 年代，曹文轩的思考和写作进一步提升到更具有普遍性的人性的层面，他自觉地在儿童小说里为孩子们提供"人性基础"，从而汇聚出三个基本

主题：感受苦难，学习同情和爱，以及对人性的消极阴暗面的警觉。

曹文轩并不回避苦难，相反，他有意识地引导读者走近苦难，感受苦难，将其作为儿童成长的必经之路和主要内容。无论是《山羊不吃天堂草》里的明子，《根鸟》里的少年根鸟，还是《青铜葵花》里的青铜，这些少年都是在体验苦难中经受了精神的磨砺，最终获得心智上的成熟。作者对苦难的观照和表现，更多的是在人类的、生存的普遍性层面上进行的，将具体的、某个个体偶然遭遇的苦难，提升为人的必然命运——在人的一生中，总会有某一种形式的苦难或者不幸降落下来，也只有在苦难中，人才能得到磨炼，生命因此有了意义，呈现出它的高贵和坚强。

对同情和爱的感悟、学习，是儿童成长的重要内容，也是曹文轩小说的基本主题。在曹文轩最具盛名的长篇小说《草房子》里，秦大奶奶因为学校占了她的地而与校方争执不下，却又发自内心地喜爱学校里的孩子们，甚至拖着老病之躯，到沟里去救孩子，为孩子治病。少年杜小康出生在当地最富有的家庭，人又聪明潇洒，受尽他人的艳羡、嫉妒。一场灾难让他沦为最穷的孩子，挨过一段时间的难堪、痛苦之后，他决定辍学去放鸭子，与家人同舟共济。主人公桑桑患上重病，父亲带着他四处求医，无论是相识的还是陌生的人，大家纷纷伸出援助之手。特别是语文兼音乐老师温幼菊，一个常年体弱，需要和药罐子朝夕相伴，住处被同事们戏称为"药寮"的人，在精神上给了桑桑极大的关爱和鼓舞，用一首低缓悠远的无字歌使桑桑感到莫大的慰藉。

人性有美、善、爱的一面，也有消极、阴暗的存在。只有对后者有所体验、警觉，才能更好地感受人性的高贵、高尚与坚强。在《诛犬》中，一场狂热的打狗运动，让人与生俱来的杀戮冲动得到宣泄。《红瓦》《草房子》里，也表现了孩子们之间的嫉妒、欺骗、霸凌、钻营和出卖。乔桉（《红瓦》）从小受尽屈辱、歧视，与生俱来的不幸在他心里变成怨恨、怨毒。他仇恨所有美好的事物，最终将自己送进监狱，彻底毁掉了自己。纸月（《草房子》）有着类似于乔桉的不幸，虽然她依然善良、聪慧，不曾失了纯洁的本性，但仍然受尽欺辱，几次转学都摆脱不了他人的冷眼歧视、流言蜚语，最后不得不远走他乡。

曹文轩的小说多以苏北乡村和自己的儿时经验作为背景，有着浓郁的乡土气息，回忆式的写作也造就他作品的诗意和淡淡哀愁。他经常泼洒笔墨营造忧伤的氛围，在这种情境中，人物或浓或淡地沾染上忧郁的抒情气质。在他的作品里，风景呈现出它们令人赏心悦目的一面，不仅起着表情达意的作用，使情、景、意三者合为一体，还有着象征的功用，成为人物命运的对应物。情与景的相得益彰，忧伤、哀愁的抒情氛围，使得曹文轩的作品包蕴着浓浓的古典意味。

郑渊洁是20世纪80年代"热闹派"童话的代表性人物，也是一位影响广泛、争议性极大的当代儿童文学作家。他从1977年开始创作，1985年创办《童话大王》月刊，专门刊发他自己的童话作品。以一个人的写作支撑一本文学性月刊，坚持了36年之久，这在世界出版史上都是罕见的，可以说是创造了一个世界纪录。郑渊洁的童话影响了整整两代人，皮皮鲁、鲁西西、舒克、贝塔、罗克等童话人物早已经融入了孩子们的生活世界，并随着他们的成长，成为童年记忆里不可或缺的部分。他以不羁的想象力、超前的商业意识、惊人的创作速度、对儿童心理的熟稔，创造了一个奇迹，著有《郑渊洁童话全集》33卷，代表作有"皮皮鲁系列""鲁西西系列""舒克与贝塔系列""魔方大厦系列""大侦探乔麦皮系列""十二生肖系列"等，作品总销售量达一亿五千万册。

在八九十年代，郑渊洁将游戏精神贯注到他的作品里。在他的儿童文学观里，好的童话应该给人美的享受，给人欢乐和情趣。孩子们有活泼的天性，作家们应该多为他们创作基调明快的作品。他希望他的童话是自由的天地、娱乐的场所，孩子们在其中可以发展自己的天性，玩个痛快，从早笑到晚。郑渊洁的游戏观是对功利性、教育性的传统儿童文学观念的纠偏，他极看重一个人的童年时代，认为童年最重要的事情就是"玩"，那是儿童快快乐乐感受、理解世界的最佳方法，也是开拓儿童多种思维能力，增进儿童智力的最佳方法。因此，在他的童话里有着各种各样稀奇古怪的玩法，皮皮鲁和小伙伴们用巧克力糖制造出各种乐器，组成巧克力乐团，演奏《香喷喷的交响乐》；他们用泡泡糖吹出雪白的大泡泡带动身体离开地面，从而使残疾儿童也能参加童话节的化装游行；在特别法庭里，孩子们有了一个可以审判父母的法庭；在《红塔乐园》里，皮皮鲁他们利用神奇喷雾器将自己变小，游戏玩笑于自己创造的乐园——浴盆是大海，一盆吊兰成了原始森林，积木搭成的房子是宾馆，橡皮泥捏成了沙发、桌子，他们开着玩具飞机、汽艇尽情地玩，尽情地笑……尽管这是一种想象化了的幻想世界，但使孩子们在认同他们所熟悉的世界的同时，感觉到前所未有的希望与快乐。

郑渊洁提倡的"玩"，是为了"保存发展少年儿童想象力"，他鼓励孩子们异想天开，他的童话里也充满了各种奇思妙想，诸如《红沙发音乐城》《红鼻子火车》《蓝耳朵飞船》《脏话收购站》，光是篇名就足见他的想象别出心裁。另外，皮皮鲁能乘二踢脚飞上天；鲁西西玩的沙包一经泡水，竟然长出了"豆芽兵"；一听肉罐头竟然能"进化"出五个罐头小人；一匹彩色的小瓷马放进微波炉一烤居然变成了"小神马"，而小神马又能变成设备齐全的"幻影号"超级汽车……这位充满"玩心"的童话大王明确指出这种玩不是无节制的瞎闹，不是丢掉学习的玩，而是开动脑筋在知识的指引下玩，在"大侦探乔麦皮"系列中，贪玩的旱冰城里的小居民不是由于知识的缺乏而一个个得了昏迷症吗？郑渊洁不仅把欢乐还给儿童，还巧妙地把"教"化入"乐"中，在"玩"与"笑"中，让孩子们受到了潜移默化的教育，懂得什么是美，什么丑，什么好，什么不好。他的童话对于孩子们来说是"开胃的精神食粮"。

在童话的内容与艺术形式上，郑渊洁都做出了大量的探索和创新。他勇于突破传统模式，大胆进行各种各样的艺术尝试，让人觉得耳目一新。郑渊洁的幻想是奇特的，他所塑造的艺术形象是新奇的。在中国人的理解中，"老鼠过街，人人喊打"，老鼠似乎已在反派角色的位置上扎下了根。但郑渊洁笔下的众多老鼠，都是有勇有谋的正面人物，尤其在《舒克贝塔历险记》这部作品中，更把老鼠写得十分可爱。他让他们充当勇敢机智的飞行员和坦克兵。只要舒克摇动操纵杆，米黄色的直升飞机就可以随心所欲地飞行或着陆；在贝塔的坦克中，装有对外观望的潜望镜和炮塔，只要在炮膛上装上炮弹——花生和小石子，一按电钮，就能命中"敌人"。生活在当今科技时代，热衷于科技小制作的孩子们，怎能不被这样的童话所吸引！

在叙事上，他一方面承袭了传统童话的特点，另一方面他勇敢地起用传统童话所避讳的东西：在故事的开端，他的笔下从来没有出现过"在很久很久以前，很远很远的地方"之类的童话套话，而使用小说才用的对话体、倒叙体和序言等。"舒克，你都大了，可以自己出去找东西吃了"，这是《开直升飞机的小老鼠》的开头；"在十分钟之内，乔克由一个穷鬼变成了富翁"，这是《富翁乔克》的开头；而"大火烧出的童话"这如序言般的开头则出现在写给男孩看的童话《皮皮鲁外传》中。这种花样翻新的开头并没有造成传统童话所担心的混乱与不明晰，反而恰恰唤起了儿童的好奇心。

在情节的设计上，传统童话的结局往往强调善有善报、恶有恶报，让小读者从混沌纷乱中接受一个调和的完善的世界，这种净化了的世界在郑渊洁童话中是随处可见的，因为童话毕竟是要激励孩子向上的，但他在少数的童话中，则透露出现实世界的遗憾与不公平。《米克的故事》里那个虚伪的电影导演并没有受到惩罚，依然活得好好的。这份遗憾更能引导小读者进行创造性的阅读和批判性的思考。从1995年的《我是钱》开始，郑渊洁开始用童话的形式揭露丑陋不堪的社会现实。在这类作品里，童话的因素已经所剩无几，却能帮助作者以戏谑、反讽、变形的手段来批判、鞭挞社会，但同时也引来人们对其童话成人化的质疑和批评。